置き去りにされた花嫁は、辺境騎士の不器用な愛に気づかない

文野さと

24125

角川ビーンズ文庫

CONTENTS

okizarinisareta hanayome ha, henkyoukishi no bukiyounaai ni kizukanai

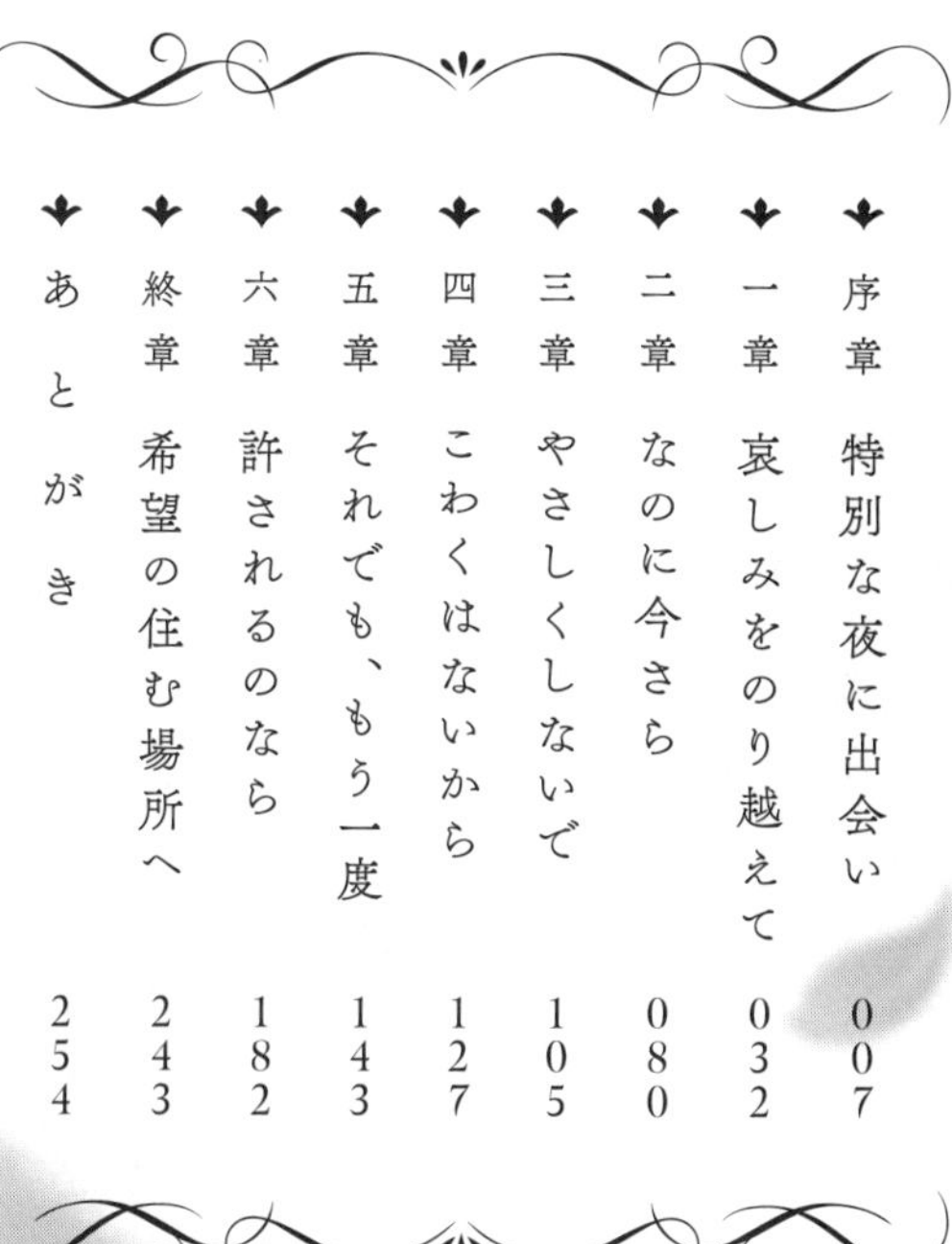

エルランド・ヴァン・キーフェル
元傭兵。
戦功により騎士となり、辺境の地を与えられ領主となる。
置き去りにされた
花嫁は、辺境騎士の不器用な愛に
気づかない
リザ
ミッドラーン国の第六子で第四王女。母親の身分が低く、「カラス」と蔑まれている。

CHARACTERS

okizarinisareta hanayome ha, henkyoukishi no bukiyounaai ni kizukanai

オジー

庭師見習い。

ニーケ

リザに忠誠を誓う侍女。

セロー

エルランドの配下。

ヴェセル三世

ミッドラーン国王。
リザの長兄。

本文イラスト／小島きいち

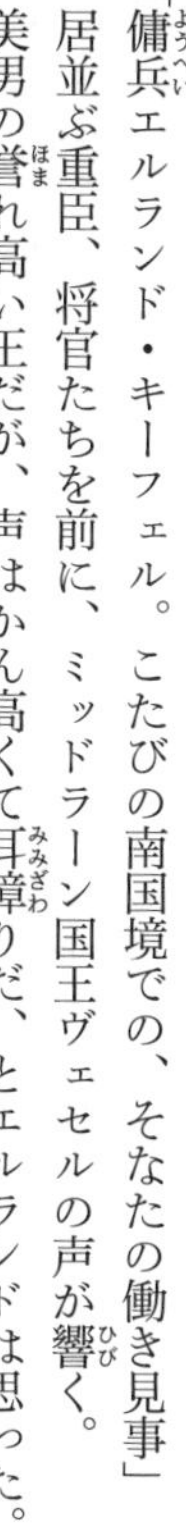

序章　特別な夜に出会い

「傭兵エルランド・キーフェル。こたびの南国境での、そなたの働き見事」

居並ぶ重臣、将官たちを前に、ミッドラーン国王ヴェセルの声が響く。

美男の誉れ高い王だが、声はかん高くて耳障りだ、とエルランドは思った。

優美で広大な王宮の中央広間。

そこで今、南方戦役功労者への褒賞式が行われている。

エルランドは膝をついて顔を伏せ、王の言葉を待った。

「その戦功により、そなたを騎士に序列し、王領イストラーダ州を与える。それにより、これからはエルランド・ヴァン・キーフェルと名乗るがよい。謹んで拝受せよ」

「……ありがたき幸せにございます」

エルランドは平坦に答えた。

玉座を前に、深く跪いているので、表情は王からは見えないが、エルランドはその光の強い緑の目を滾らせ、唇を噛みしめて怒っているのだ。

——これで俺に恩を売ったつもりか！　しぶちんのくそ王が！　先祖の領地を返すどこ

ろか、どうでもいい土地を、お情けで払い下げられるなんてな！

ミッドラーン国の最東の地、イストラーダは深い森や山が多く、土地は痩せて基幹産業もない。貧しい人々が暮らす、いわば捨て地だったのである。

父の代からの傭兵暮らしで、エルランドは貧しさも危険も、仲間を失う悲しみも嫌というほど味わった。だから彼は、自分に従ってくれた者たちに、安定した生活を与えてやりたかった。

それには領地を持つしかない。そのために戦ってきた結果が、捨て地の授与である。

周囲には、主だった貴族や役人がずらりと並んでいる。嫌だと言える立場ではない。

エルランドは、苦々しくなっていく顔を隠すため、深く体を折った。

「その上に……、これは格別の計らいなのだが……」

ヴェセルは、勿体をつけて言葉を切った。

「キーフェル家の長年の功績に報いるため、王家からの特別の感謝の証として、そなたに我が末の妹、リザを与える」

「……は？」

エルランドは金緑の目を見はった。

「言ったとおりだ。王家の姫を妻に迎えられることを、身に余る名誉と心得よ」

王は美しい金色の目で、呆然とするエルランドを見下ろした。

「騎士キーフェル。結婚の儀は、すぐにでもとり行う。準備をしておくように」

「……仰せのとおりに。我が……陛下」

冷え切った男の声に気づく様子もなく、王は次に控える者の名を呼び、その騎士が進み出る。

エルランドの怒りに気がついた者は誰もいなかった。

「リザ様、髪を梳かしましょう」

「こんなカラス色の髪、梳かしたって変わらないわ。長さだってないし」

「まぁ、そんなことをおっしゃって。こんなに綺麗な御髪なのに」

リザは、王宮の奥にある離宮で、侍女で幼なじみのニーケと二人きりで暮らしている。

小さな離宮は、かつては美しかったのだろうが、長く人が住まず、手入れがされていないために荒廃が進んでいる。庭師見習いのオジーという少年が、時々雑草を刈ってくれるだけだ。

第四王女のリザは、父王の六番目の子にして最後の子として生まれた。

離宮で暮らす理由は、母の身分があまりに低かったからだ。母が生きていた頃は、どこからか食事が運ばれ、衣類や日用品、本などが届けられた。

そしてリザが七歳の時に母は病に倒れ、ひと月病んで亡くなった。葬儀は行われず、王族用の墓地に埋葬されることもなく、離宮の裏に小さな墓が建てられた。

そして、リザが十歳の時に老いた父王も亡くなり、歳の離れた兄、ヴェセルが国王となった。リザは父の葬儀に参列することも許されなかった。

そしてリザは一人になった。

離宮には次第にものが届かなくなり、何人かいた召使は、いつの間にかいなくなった。最後の召使だったニーケの祖母が死んでからは、二歳上のニーケだけが、ただ一人の侍女となり、友人となって、二人で支え合いながら暮らしてきたのである。

王宮からは一年に一度、大きな行事である秋の園遊会に来るように、との伝言が届けられる。王女としてではない、召使として奉仕させるためだ。

兄王ヴェセルは、リザを無視したし、すぐ上の姉王女ナンシーは、貶めるためだけにリザをこき使った。リザをカラスと呼んだのはナンシーである。濃い色の髪と瞳は、ミッドラーン王家にはない色だった。

お前はカラス、醜いカラス娘、そう言われながらリザは、兄や姉たちに仕えた。

父が亡くなって四年。

十四歳になったリザは、時折王宮から届くわずかな品だけで暮らしている。貧しくとも平穏な毎日。リザは、ここだけが自分の世界だと思っていた。思うしかなかった。

それなのに。

夏の終わりのある日、絵が得意なリザが水のない噴水と小鳥を写生していた時、王宮からの使者が訪れた。

「リザ様！　お城からのお遣いです！」

見習い庭師のオジーの後ろに、立派な服装の男性が立っていた。ニーケも慌てて離宮の奥から出てきたが、男は目もくれなかった。

「ご機嫌よう、リザ殿下。お元気そうで何よりです。私は陛下から筆頭侍従役を賜っております、メノムと申す者です。本日は、陛下からのご伝言を預かって参りました」

使者はびっくりしているリザに、申し訳ばかりの辞儀をすると、そう言った。

筆頭侍従とは、騎士や下級貴族がその任を担うこともある重要な役職だ。

メノムは四十がらみの痩せた男で、眼鏡の下からは陰険そうな褐色の目が光っている。

「では、お伝えいたします。『二日後、そなたは騎士エルランド・ヴァン・キーフェル卿に嫁ぐことになった。後日、遣いの者を寄越すので準備をしておくように』とのことでございます。ご理解いただけたでしょうか？」

メノムは、リザを見下しながら横柄な態度でそう伝え、彼女が何も言えないでいるうちに一礼すると、さっさと帰っていった。

「リザ様！　ご結婚ですって！　おめでとうございます！」

背後で同じように固まっていたニーケが駆け寄ってくる。しかし、リザは首を振った。

「……よくわからないわ。それっておめでたいの？」

リザは途中だった写生板を拾い上げた。小鳥はとうに、どこかに飛び去っている。

「きっとそうですよ！　私のいとこが結婚した時、皆でおめでとうって言いましたから！　ですが、キーフェル様って、どんな方でしょう？　ヴァンとは騎士の称号ですよね？　陛下からお聞きになったことは？」

「知らない。お父様がお亡くなりになった時、兄上に口をきくなって言われたし」

父の葬儀の際は雨が降っていた。リザは拝堂に入ることは許されず、ずぶ濡れになりながら遠くから見送っただけだった。

「多分兄上は、私を厄介払いしたいとお考えなのよ。キーフェル卿に押しつけることで」

部屋に戻ったリザは髪を梳いてもらいながらうつむく。まっすぐな黒髪は、素直に櫛の目に従った。

「だって私はここで、一生飼い殺しの身なんだもの……」

ニーケは何も言えなかった。リザの言葉は残酷なほどに真実だったのだ。

メノムの言ったとおり、二日後の昼間、二人の女官と四人の男が離宮にやってきた。女官は、リザにおざなりに挨拶をすると、男を指揮して風呂を用意させている。今まで風呂といえば、湯桶で体を清拭するだけだったリザは、非常に驚いた。

女官たちは茫然自失のリザを風呂に入れて洗いたて、髪と肌に良い匂いのものを擦り込む。その態度はぞんざいで、世間知らずのリザでも、敬意が微塵も含まれていないことがわかった。それがすむと、彼女たちはリザに時代遅れのドレスを着つけた。花嫁衣装である。

しかし、痩せっぽちのリザには大きすぎる。女官は無言で身幅を詰めると、今度は髪結いと化粧にとりかかった。

リザの黒い髪は貴婦人のように長くはない。それを無理やりきつく結い上げられ、生まれて初めての化粧をされた。

「結構です。こちらへ」

女官に連れられて外に出ると、さっきの男たちが立派な輿を用意して待っている。

「ひ、一人で行かなきゃならないの？」

心細さの極みでリザの声は震える。しかし、女官は素っ気なく「さようでございます」と言っただけだった。問答無用で輿に乗せられ、視界が高くなる。

普段とは違う風景と、揺れて頼りない感覚にリザは急に怖くなった。

「嫌！　やっぱり結婚やめます！　おります、おろしてください！　ニーケ、オジー！」

リザは叫んだ。しかし、誰も耳を貸すことはなく、心配そうにしている二人を残して、輿はゆっくりと動きだす。

高さに怯えたリザは手すりにしがみついて、ニーケとオジーを振り返った。

「怖いわ！　助けて！　兄上なんか大嫌いよ！　ずっと放っておいたくせに！」

やがて壮麗な王宮が見えてくる。豪華で広大で、リザにとって恐ろしい場所が。

リザは物言わぬ女官たちに先導されて廊下を進み、知らない部屋に通される。

中は豪華だったが誰もいない。古ぼけた花嫁衣装のままのリザが一人立ち尽くしていると、しばらく経ってノックもせずに男が入ってきた。こちらも一人だが、豪華な服を身につけている。

兄王、ヴェセルだった。

「久しいな、カラス」

ヴェセルは横柄に言った。中背だが、小さなリザからすれば、見上げる背丈である。

「おい、挨拶もできんのか。さすがにカラスだけのことはある」

「……あ、兄上様……お久しゅう、ございま……す」

慌ててリザが頭を下げる。兄王は十七歳年が離れたリザのことを、いつもカラスと呼んだ。金髪の王家にふさわしくない、黒髪を持って生まれたゆえだろう。

「兄ではない、陛下と呼べ。カラスの分際で」

返事の代わりにリザは、ますます深く頭を下げたが、乱暴に上を向かされてしまう。

「ふむ……痩せてはいるが、病気などはしておらぬようだな。お前の母親も、顔だけは見られた女だったから……これならいけるだろう」

何がいけるのか、リザは聞かなかった。小さい頃からほとんど会うこともなかった、会えば蔑まれ、虫でも払うように追い払われた記憶しかない長兄。

この兄が現ミッドラーン国王なのだ。

「先日聞いたであろう。そなたは、この国一番の働きをした戦士に嫁ぐことになった。わかるな？」

「……」

「聞かれたら返事をしろ！　そのくらいの礼儀も弁えないのか、このカラスが！」

「は、はい」

リザはなんとか声を絞り出した。

「その戦士は、一応貴族の出だが爵位はない。ずっと傭兵をしていたが、このほどイストラーダの領地と騎士の称号を与えた。お前はその男に嫁ぐのだ。だから、お前は領主夫人となる。あの古ぼけた離宮で暮らすよりよほどいい身分、いい生活となるだろう」

「……はい」

あれから何度も呟いた名前、騎士エルランド・ヴァン・キーフェル。

名前と地位以外、顔も過去も知らない男が、今日これから自分の夫となる。それがリザの現実なのだ。

「言っておくが、お前の育ちを、あやつに言ってはならんぞ。今のように大人しくして、敬ってやるのだ。そうすれば田舎者のことだ、王家の血くらい尊重してくれるだろう」

「はい」

素直な返事に、ヴェセルは満足したようだった。

「しばらくこの部屋で待て。迎えの者が来たら拝堂に向かうがよい。結婚の儀式はそこで行われる。詳しくはその者から聞け。おっとそうだ、忘れていた。そら、これを顔にかけておけ。そんな陰気な顔では男は喜ばぬ」

そう言って、ヴェセルは脇のテーブルからヴェールを取り上げ、リザの頭に被せた。

「お前の髪は、王家にあらざるカラス色だからな。せめてこれを被っておけ。ナンシーからの贈り物だぞ。ありがたく思うがよい。決して外すでないぞ」

ヴェールは一部糸が切れて破れている。姉のナンシーもまた、いらないものを寄越したのだ。花嫁衣装は好きになれなかったリザだが、このヴェールは繊細で好みに合った。

「そういえばお前、名はなんだった？」

立ち去りかけたヴェセルは、ふと思いついたように振り返った。

「な？」

「名前だよ、このぐずが！　名を言えなくては、儀式の格好がつかぬではないか！」

「リザです」

「リザ？　それだけか？　そんなだったような気もするな。まぁ覚えやすくてよいわ」

そう言い捨てて、ヴェセルは部屋を出て行き、再びリザは一人きりになった。

体が震えるのは寒さのためか、これから起きる事のためか。

「……エルランド・ヴァン・キーフェル」

リザは呟いた。その名を持つ男は、すぐそこにいるのだ。

薄暗い拝堂。王や貴族、神官たちが並ぶ中、エルランドは密かに怒りを滾らせていた。

捨て地を与えられ、指揮した部隊の大半を取り上げられ、残された配下は精鋭とはいえ、たったの二百人だ。

――二百人で、広い東の辺境を守れというのか。

王は密かにエルランドを怖れている。一人の戦士としても、指揮官としてもすぐれた器量をもつ彼のことを。だから張りぼての名誉を与え、力を削ごうというのだ。

――だが、王よ。全ては言いなりにはならない。俺は俺の手腕で必ず名誉を得てやる。

エルランドはぐっと背筋を伸ばす。その時、拝堂の扉が重い音を立てて開いた。

そこには光を背に立つ小さな影。付き人は誰もいないが、彼にはそれが自分の妻になる娘だとすぐにわかった。思ったよりもずっと幼い。十代の前半というところか。

王に「入るがよい」と言われ、びくりと肩が竦んでいた。影はゆっくり進み出る。その歩みは、実に覚束ないものだった。

ヴェールをかけられているので、その表情は見えない。しかし、足が震えていることがここからでもわかる。彼女は非常に怯えているのだ。

あの王の様子から見て、ろくな扱いを受けていない、とエルランドは見てとった。所作や雰囲気が貴婦人のそれではない。婚儀のこともろくに聞かされていないに違いない。

ようやくエルランドの手前までやってきた娘は、彼の胸ほどまでしか背丈がない。薄汚れ、ごてごてした花嫁衣装は、明らかに寸法が合っていなかった。

――やれやれ。どこの衣装簞笥から引っ張り出してきた年代ものやら。まったく気の毒な王女様だ。

エルランドは苦く笑った。

「リザ、よくきた。こちらがお前の嫁ぐ相手、キーフェル卿である」

得意そうな王の声に、娘の頭は小さく動いた。頷いたのだろう。

「ヴァン・キーフェル。この娘が余の末の妹、リザである。大人しく素直なよい娘だ」

エルランドも娘に倣い、黙って頭を下げた。

「これが婚姻の承認書である。我が署名の下に名を書くがよい」

すぐに随身が進み出て、小さな書見台の上に立派な書紙を広げる。そこには形式的な約定が認められ、その下に凝った書体の王の署名があった。

渡されたペンを手に、エルランドは筆圧も強く自分の名前を書き込み、その手で娘にペンを差し出す。娘は黙ってヴェールの下から手を出し、震える指先で自分の名を書いた。

リザ——と、それだけ。庶子とはいえ、王女にしては簡単すぎる名前だ。

しかし王は満足そうだった。

「ここに二人の婚姻を承認する！　イストラーダ領主、騎士エルランド。そなたの妻となった我が妹の顔を見てやってくれ」

言われてエルランドは、初めて娘と正面から向き合った。

「……姫、ご無礼を」

手を差し伸べ、そっとヴェールを上げて、エルランドは王女の顔を覗き込む。見えたのは、細い顎、小さな唇。そして驚くほど透き通った藍色だった。それは窓から差し込む光を受けた娘の瞳。灰色にくすんだこの空間で、その色だけが鮮やかだった。

エルランドはわずかの間、少女に見惚れた。

「……リザ姫？」

エルランドがその名を呼んだ瞬間、娘はエルランドに目を据えた。

「はい」

こうして騎士エルランドと、ミッドラーン国第四王女リザは夫婦となったのである。

❖

数時間後。

リザは、王宮のどこかもわからない部屋に一人でいた。

身の置き所のない披露宴で疲れ果て、女官に再び風呂に浸けられた後、見たこともない軽くて美しい夜着を着せられて、寝台に放り込まれた。

「あのぅ……、もうそろそろ帰ってはいけないのですか？」

黙ったままの女官に、やっとの思いで尋ねても「今夜はこの部屋でお休みください」と馬鹿にしたように言われるだけだ。女官たちは部屋の灯りを全て消すと、入り口に小さなランプをひとつだけ灯して立ち去った。

一人になると、部屋の広さと暗さが押し寄せてくる。豪華な装飾も柔らかい寝具も、リザを慰めることはできなかった。心細さで体が震える。

昼間の儀式のことはほとんど覚えていない。ちらりと見た男の金緑の瞳と深い声に、なぜかリザは一瞬の好ましさを覚えたが、今はニーケとオジーにひたすら会いたかった。

「ニーケ……」

大きな寝台の上で、リザはたった一人の友人の名を呼んだ。とても眠れそうにない。

リザは後で叱られてもいいから、一度離宮に戻ろうと決心し、そっと寝台を下りた。

彼女はこの場所が新床の場だとは、思いもしなかったのである。

「私のことなんて、誰も知らないし、きっと大丈夫。この部屋は二階だから、後ろの階段を下りたらなんとかなるわ」

自分を励ますためにそう呟いた時、驚くべきことが起きた。扉が音もなく開いたのだ。

「ニーケ？　ニーケなの？」

自分に会い来る者など、この世に一人しかいない、そう思ってリザが声をあげた時。

「ニーケとは？」

暗い廊下から低い声が聞こえた。驚いたリザの前に背の高い姿がゆっくりと現れる。

昼間と同じ声だ。そのことにリザはなぜか少し安心し、勇気を出して答える。

「ニ、ニーケとは、私の侍女で、友だちです」

「侍女で友だち？」

男は不思議そうに首をひねっている。まるでリザが妙なことでも言ったように。

「はい。すっかり遅くなったので、迎えにきてくれたのかと……」

「……ええと、もしかして殿下は今夜、友だちが迎えにくると思っていたのですか？」

「はい。ニーケならきてくれると思って……知らないところで、一人で寝るのが怖いから」

リザの答えに男が黙り込む。

「あ、あの？」

リザは急に怖くなった。

自分がなにかひどい間違いをした、そう思ったのだ。それとも、自分が醜いカラス娘だからすっかり嫌になったのか。

「ごめんなさい、本当にごめんなさい。私、何も知らなかったのです。でも、もう帰りますから、あなたはゆっくりここで休んでください」

リザは男の横をすり抜けようとしたが、すばやく腕を掴まれて動けなくなった。

驚いて振り返ると、自分を見下ろす瞳とまともに目が合った。光の強い金緑の目。

「お待ちください殿下。その薄着と裸足ではお風邪を召してしまいます。とりあえず寝台にいきましょう」

あっという間に、リザはエルランドに抱えあげられた。

その腕は大きくて硬く、そして温かい。彼は布団の中にリザを押し込むと、自分はテーブルの横の椅子に腰をかけた。柔らかい布団はまだぬくもっていなかったが、彼の触れたところだけが温かい。

リザは自分だけでなく、エルランドも儀式や宴の時の立派な服装とは違い、夜着を着ているだけだと気がついた。鉄色の髪が少し湿っている。彼も風呂に入ったのだろうか？

前髪の下の目はやっぱり綺麗な緑色で、左の眉のあたりに斜めに傷が走っている。鋭い顔だちだ。だが不思議とリザは怖いとは思わなかった。

「あなたもこの部屋で寝るのですか？」

思わずそう尋ねていた。エルランドは目を丸くしている。

「……殿下、あなたは」

「殿下ってなんですか？　私の名前はリザです」

「ではリザ姫」

「リザです」

今までほとんど敬称で呼ばれたことのないリザは、改めて名乗った。なんとなくこの男には、自分の名を呼んでほしかったのだ。

「わかりました。では失礼して、御名を呼ばせていただきます。改めまして、私はエルランド・ヴァン・キーフェル。あなたの夫となった者です。よろしければ少しリザと話がしたいのですが」

「……はい。どうぞ」

「そして、申し訳ありませんが、率直に話をするために、私の普段の話し方で喋らせて欲しいのです。長い戦場暮らしで、かしこまったことに慣れていないので……無礼の段は先に謝罪いたします。申し訳ございません」

「どうぞ、普通にお話しください。私も礼儀作法はよく知りません」

頭を下げる男に、リザも正直に伝えた。

「ではお互い、素のままというわけだ」

エルランドは笑った。笑うと厳しい瞳が柔らかくなり、リザはまた少し力を抜いた。

「リザ、あなたはこの婚姻について何を聞いた？」

「……二日前に、突然、住んでいる離宮に兄上……陛下のお遣いが来て、キーフェル卿に嫁げと言われました」

「それだけ？」

リザは黙って頷いた。

「それでリザはどう思った？」

「別になにも。兄上は、領主夫人になるのだから、いい生活ができるとおっしゃいました」

「……なるほど」

「あの……イストラーダってところに、ニーケも連れて行っていいですか？」

リザの質問に、エルランドは真剣に考えこんでいたが、やがて重く口を開いた。

「リザ……その問いに答える前に、俺からも大切な話がある。聞いてくれるか？」

「はい」

「俺にとっては、この結婚は望んだことではなかった」

知っている、とリザは思った。こんな自分を望む者などいるはずがない。

「俺は南の国境戦で、かなりの武功を立てたと自負している。しかし、王が褒賞としてくれたのは、何もない辺境だった。俺は苦楽を共にした仲間を養わなくてはいけない。王家には義務を感じるけれども、正直、心から忠節を誓っているわけではない。だから」

そこでエルランドは、リザがわかっているのかどうか、確かめるように言葉を切った。

「全て言いなりになるのは嫌だと思った」

「言いなりになるのは嫌……」

いつも境遇を受け入れるだけの自分のことをリザは思う。

「普通なら初夜を迎える娘には、誰かが手ほどきをする」

「しょや？」

リザは小首をかしげた。あどけない仕草にエルランドは唇を噛みしめる。

「婚姻の後の初夜になにが起きるのか、あなたには想像もつかないだろう。普通なら絶対にすることがある。しかし、俺は今夜それをしない」

「それって、しなくてもいいものなの？」

「いや、しなければならないものだ。しかし、見たところ、リザにはまだ、その準備ができていないし、俺はこんなに無垢なあなたに、男のする行為はとてもできない」

「それは私がカラスだから？」

「カラス？」

「髪も目も黒いから。兄上や姉上がそう呼ぶの」

「あの気取り屋どもが……いや、なんでもない。だが、リザはカラスなんかじゃない」

小さな顔からこぼれ落ちそうな瞳が、ゆらゆらとエルランドに向けられた。

「リザ、申し訳ないが俺は、あなたを連れて行かない」

「……それ、どういう意味？」

「あなたはここに残るということだ」

「……ここに、のこる？」

「イストラーダは、ミッドラーン国の最東にある。そこは今まで誰も欲しがらなかった土地で、非常に貧しく危険なところだ。俺ですらほとんど足を踏み入れたことのない地方なのだ。そんなところに、深窓の姫を連れて行けない」

「しんそうのひめ？」

「そうだ。リザは王宮から出たことはないのだろう？　砦は何十年も放置されていて、まだ住めるところではない。情けないが自分のねぐらもままならぬのに、リザをあらゆる危険から守り抜きながら、広い辺境を掌握する自信が俺にはまだないんだ」

「……」

「だが俺は、どんな苦労をしても領地から利益を生み出してみせる。ただ、それには時間がかかる。おそらく数年以上は」

「数年……」

「ああ。おそらく三年以上はかかるだろう。だから、リザはここに残して行く。俺は明日にでもここを発つ」

エルランドが、リザの指先を握ってくれる。それはとても大きくて熱い手だった。

「……リザには心からすまないと思う。だが、俺がイストラーダを統治することができたら、必ず迎えに来る。約束する。本気だ。あなたを見てそう決めた」

「約束？　迎えに来る？」

「そう。だから……何年か待っていてほしい。いつだとはっきり言ってやれないのが申し訳ないが、捨て地とはいえ、せっかく拝領した俺の領地だ。必ずやり遂げてみせる。だから、それまであなたをここに置く。どうか許してほしい」

「……わかりました」

たった十四年しか生きていないリザだが、自分が要らないと言われていることは理解できた。約束はした。しかし、約束とは、常に守られないことも知っていたのだ。

リザにとって、「いつか」とは「永遠にこない」と同義だった。

「わかりました」

わかり過ぎるくらいだった。だから嘘をつくのも簡単だ。大人に対して、ものわかりのいい振りをすることなど造作もない。いままでずっとそうしてきたのだから。

「ここで待っています」

「いい子だ、リザ。だが、行く前にできるだけのことをしよう。そして、毎年イストラーダから贈り物をしよう。最初は大したものは贈れないだろうが」

「それは素敵ね」

諦観を帯びたリザの声にエルランドは気がつかない。

「さぁ、今夜はもう寝るとしよう。あなたも疲れただろう。俺は長椅子で寝る」

「この寝台は大きいわ。あなたが一緒に寝ても大丈夫」

「……いいのか？　怖くはないか？」

エルランドは遠慮がちに尋ねた。

「ええ、不思議と今は怖くないの。ほら、私は端に寄るから」

寝台の向こう側に体をずらしかけたリザを引きとめるように、エルランドも寝台によじ登った。上着を脇に放るとリザの隣に横たわり、その肩を引き寄せる。

「この部屋は広すぎて寒いが、こうすれば温かい」

「……」

リザは男性と眠るのは初めてだった。彼の体は驚くほどかさ高く、体温が高い。まるで暖炉のそばにいるようだ。

「ではもう、眠ってしまおう。明日の朝、リザを離宮まで送って行くから。ニーケが心配しているだろう」

「ええ……でもひとつお願いがあるの」

「なにかな？」

「私もあなたの名前を呼んでもいい？　一度だけでも」

リザはこれ以上なにも望まない。これが形だけの結婚で、夫となった男は、自分を捨てて去っていくのだ。彼が自分に向けたのは、ただひとつ——哀れみだった。

「一度と言わずに何度でも、リザ」

「いいえ、一度で……一度でいいの。私はずっとここにいます。エルランド様」

瞬間、リザは強く胸に抱きこまれた。額に唇が押し付けられ、熱い吐息が顔にかかる。

「すまないリザ。必ず迎えに行く。あなたは俺の妻だ」

「私はあなたの妻です」

ぴりりと苦い男の香りを吸い込みながら、リザは嘘をついた。苦くて甘くて苦しい。

「リザ……」

エルランドはリザを見つめた。昼間見た澄んだ藍色の瞳は、今は黒く煙っている。

「おやすみ、リザ」

男の大きな手がリザの髪を撫でる。それが心地よく、とても安心できた。

「安心しなさい。リザが眠るまで見ているから」

昼間の疲れもあって、リザのまぶたはゆっくりと閉じていく。リザは自分が微笑んでいることに気がついていなかった。昼間の疲れからか、すぐにぐっすり寝入ってしまう。

だから知らなかった。何かが唇に触れたことを。これが二人の初めての夜。

情熱も欲望もない。

だが、二人にとって忘れられない夜となった。

一章　哀しみをのり越えて

あの夜から五年。

リザは十九歳となっていた。相変わらず、離宮でニーケと二人で暮らしている。

しかし、この間に二つの変化があった。

ひとつは兄王、ヴェセルから月に一度の割合で使者が寄越され、安否を確認されることである。使者はリザと話そうともせず、古い衣類や、食べていける程度の銀貨を数枚置いて去っていく。

しかし、何か——手紙や贈り物を持ってきてくれることはない。

エルランドからのものは一度も、何ひとつ。

——そう。

あの夜、男は言った。

『毎年イストラーダから贈り物をしよう』

しかし、実際には品物はおろか、手紙の一通も来たことはなかった。

五年前、彼が去る時、リザに数枚の金貨と、鞘に模様が彫ってある小刀をくれた。木製の鞘には、細かい模様が彫られている。エルランドは鞘を抜いて、美しい刃を示した。

『すまない。今はこれしかあげられるものがないんだ。金貨は好きなように使ってくれ。そしてこの小刀は、死んだ俺の父が作ってくれたものだ。リザはこんなもの使ったことがないかもしれないが、これは役に立つ道具だ。できたら持っていてほしい』

そう言って、彼はリザの掌に小刀を残し、まだ見ぬ自分の領地へと去っていった。

一団の出発をリザは見送ることもできなかった。全て離宮の外で行われたことだったからだ。

そしてもうひとつの変化とは――。

「ニーケ。オジーはまだ来ないの？」

「もうすぐだと思います。今日はお城の前庭の樹木を剪定すると言っておりましたから、少し遅くなるのでしょう」

オジーは今や、一人前の庭師である。今でも何くれとなくリザたちの世話を焼いてくれるが、リザにも自分でできることが増えた。

「じゃあ、今のうちにこの花を切って、水につけておきましょう」

リザは離宮の庭園に咲き乱れる花を見渡した――いや、もうそこは、王宮の裏庭ではなかった。ここはリザの、リザだけの庭である。

五年前、エルランドにもらった金貨の一部を使って、リザはオジーの祖父に外国の珍しい花の苗を仕入れてもらい、育てることにしたのだ。外国の花を育てるのは非常に難しかったが、手がかりは昔、父王にもらった植物に関する本だった。

それは母が庭園の下働きで花が好きだったため、父が贈ってくれたものだ。

たった数冊だけだったが、リザは図解入りのその本を繰り返し読み、暗記するほどになっていた。そして、いつかは自分の目で外国の花を見てみたいと思っていたのだ。

離宮の朽ちた部屋を利用し、見よう見まねで温室や苗床を作った。何度か失敗をしながらも、二年目には、数種類の花が美しく咲いた。三年目には株が増え、四年目にはたくさんの花が咲き乱れた。そして、リザはその花を王都の小さな市場で売ることにしたのだ。

もちろん世間知らずのリザが、王都の市場に乗り込めるものではない。

オジーの祖父が代わりに出店申請をし、市場の片隅に店を出させてくれたのだ。

小さな店だったが、売っている花が珍しかったのか、店は次第に繁盛し、市の立つ日には売り切れることもあるくらいになった。店を出せるのは月に一度が精一杯だったが、リザは辛抱強く株を増やし、手軽に買える切り花にも力を入れた。

儲からなくてもいいという気持ちで、安くはじめたのが功を奏し、今では注文が来るまでになっている。しかも、その客は王宮に花を卸している花商人の下請けだという。

つまり、今王宮を飾る花の一部は、リザが育てたものなのだ。そしてリザは、最近になって、こっそり王宮を抜け出し、自ら市に立つようになったのだ。

これが二つ目の変化だった。

少しでも自分の知識を広げたい。世間を知って、できることを増やしたい。

それは彼女の強い思いだ。

王宮の小門から抜け出るのは、拍子抜けするほど簡単だった。

広い王宮をぐるりと取り囲む城壁にはいくつか門があり、リザは召使や商人用の小さな門を使う。そこを守る衛兵たちは誰も、みすぼらしい服の小娘など気にかけなかった。彼らはリザの顔も知らず、下働きの娘がお使いに出るくらいにしか思わなかっただろう。

こうしてリザの世界は広がった。

あまり人の多い場所はためらわれるので、中央広場の市よりも小規模な、東の市に店を出すことにしたのだ。

初めて王宮を抜け出した時、リザは世の中には、こんなに多くの人がいたのかと、ただただ驚いていた。東の市の通りはあまり広くはないが、それでも初めて見る店や品物に圧倒され、外に出た時間は短かったのに、興奮したリザはその夜、熱を出して寝込んだくらいだった。

それからも慎重に日や時間を選んで、リザは市場に立った。

もちろん店の表に立つのはオジーやニーケだが、リザは何もできない自分から抜け出そうと必死に、世間のことを学んだ。

金銭の感覚や人とのやり取り、駆け引き。仕事の大変さ、充足感。どれも今まで感じたことのない感覚ばかりだった。

ちっぽけな離宮から殻を破って見た風景。

けれどそれすら世界のごく一部だということを、リザはまだ知らない。

けれど、もう引っ込んではいられなかった。

「明日の市には、たくさん花を出せそうね」

リザはそう言いながら小刀で花の茎を切っていく。花鋏も使うが、一番太くて硬い花の茎を切るには、エルランドのくれた刀を使うのが常だった。

刃は小さいが、鞘に細かな彫刻が施してある。リザの宝物だ。

これを残していくから、道具として使うように、と彼は言った。

しかし、リザはとっくに気がついているのだ。

自分の夫に、二度と会えないということを。

『俺がイストラーダをいつか完全に掌握することができたなら、迎えに来る』

そんな日が来ることは決してない。

リザは置き去りにされた花嫁なのだから。


その日も花はよく売れた。

リザは自分の部屋で、オジーが持ってきてくれた硬貨を数えていた。売り上げの半分はオジーの家族に渡し、残りから更に半分をニーケに渡す。

オジーもニーケもいらないと言っていたが、リザは聞かなかった。

温室を作ったり、苗を集めたり、市場の権利を買い取ったり、全てリザ一人ではできなかったことばかりだ。

リザも得た金で布を買い、オジーの母に習って自分の服を作った。

なにしろ王宮から届くものは古着がほとんどで、それも実用に向かない、ごてごてしたドレスばかりだったのだ。

わずかな儲けでは、平民の着るような服しか作れなかったけれど、着やすい木綿の布地にリザは満足だった。

「リザ様、オジーが絵具と紙を買ってきてくれました」

「あら嬉しい！」

ニーケの差し出した品を見て、リザは喜んだ。絵具も紙も、ちょうどなくなりかけていたからだ。画材は王都の南の専門店街に行かないと売っていない。

リザはこの頃、花の絵を描いてオジーが作ってくれた額に入れ、店に並べるようになった。すると、その絵にもわずかな値が付き、店に出す度に一枚、二枚と売れていく。

これはリザには非常に興味深いことだった。

「オジーの話によると、リザ様の絵を褒めてくれる人が多いそうですよ」

「そうなの？」

「でも、リザ様。あんまりオジーと仲良くしないほうがいいかと思います」

オジーはリザより年下だが、職人の常で年上との付き合いが多いため、体つきは細いのに最近とみに大人びている。

「どうして？」

「オジーは最近、年上の庭師とお酒を飲んだりしているそうだし、女の人のいる酒場に出かけて遅く帰ったり」

「女の人がいたらだめなの？」

男女の機微に疎いリザは、不思議そうに首を傾げた。

「だって……なんだか不謹慎ですわ」

「よくわからないけど……それより、ねぇ、ニーケ。私、考えたんだけど……」

「なんでございますか？」

「これからは毎週市場に出られないかな？」

「えっ？」

ニーケは驚いて目を見張った。最近のリザは、とにかくいろんなことを考えついては、実行に移そうとする。

「だから、これからは毎週お店に出てみたい。この頃はお花も増えたし、小さな鉢に株だってたくさんできたわ」

「それはそうですが、でも」

「それから、今度から私、裏ではなくお店の表に立って呼び込みをするわ。だっていつも裏方なんだもの」

　裏方というのは、呼び込みや金銭のやり取りをするのではなく、店の奥で花に水をやったり、売れた花を包装したりする役割のことだ。

「でもそれは、リザ様の身の安全のためです。今だって人の少ない時期を選んでいるのですから」

「私だって観察してたのよ。お客さんは花を見ているのであって、売り子なんか見てないわ。表に立っても、誰も私なんかに関心を払わないわよ。もっとお金持ちそうな綺麗な女の人が、いっぱいいるのに」

「ですが、世の中には、お金を持っていない若い女性を狙う悪い人もいると聞きます。油断はできません」

　ニーケは慎重に言った。

「大丈夫よ、オジーだっているし。なんなら私も男の子の格好をすればいいわ。幸い私の髪はそんなに長くない」

貴婦人のように頻繁に洗えないので、リザの髪はいつも肩までしかない。ただ、王都では珍しい黒い髪だから、市に出る時は帽子を被ることにしている。

「さっそく次の市に、私は出るわ！」

リザは宣言した。

「でも、次の市が立つ日には、近くの広場に芸人が来るらしく、人が多くなるといいます。やっぱりやめた方がいいかと……」

ニーケはまだ心配そうにしている。

「芸人さん？　じゃあ人々は、そっちを見るわね。かえって目立たないと思う」

「……それでも、万が一あちらに知れたら」

あちらというのは王宮のことだ。

「知れたってどうということはないわ。兄上は無関心だし、死んでもいいと思ってるわ」

「死ぬだなんてそんな！　それに、あの方だって……」

ニーケは言葉を濁した。

「ニーケ」

「も、申し訳ありません！」

リザのまじめな声に、ニーケは慌てて目を伏せた。こんなことは珍しいのだ。

「いいのよ、ニーケ。あの方は私のことなんて、とっくに忘れているわ。いくら私が世間知らずでも、そんなことくらいわかっているわよ」

　リザは努めて明るく言った。


　五年前、リザが王宮へと連れられて行った翌日のこと。

　朝靄の中、リザを離宮まで送ってきてくれた背の高い男性を、ニーケは覚えている。

　彼は、非常に気がかりそうにリザを見ていた。

　呆然とするニーケに、何度もすまないと謝り、自分はリザの夫となったエルランドだと名乗った。そして、リザのことをくれぐれも頼むと言い置いて去って行ったのだ。

　そして、その日の夕刻、リザは体の異変に気がついた。

　初潮だった。

　ニーケは「おめでとうございます。リザ様は大人になられたのです」と言ったが、リザは、自分の体から流れるものに違和感しか覚えなかった。

　──大人になったってしようがないわ。私にできることなんか、きっと見つからない。

　こうして、息をひそめて静かに暮らすだけが精一杯のカラスなのに。

　──あの方は、子どもの私だけ知って、そして行ってしまった。

　その日からエルランドは、二人にとって「あの方」となった。

　リザが彼の名を呼ぶことは決してなかった。しかし、リザは自分の力でゆっくりと進み始めたのだ。

『全て言いなりになるのは嫌だ』

あの言葉を繰り返し心に刻んで。

「ニーケ、私はもう十四歳の子どもじゃないわ。放って置かれても、こうしてなんとか暮らしてる。少しだけど世間も知ったわ」

「……リザ様」

「いいのよ。私はもう少しだけ自分の世界を広げたい。だから、次の市場に私は出るわ」

リザの言葉に迷いはない。

次の市が立つ日まで、あと五日しかない。できるだけたくさんの花を出せるよう、リザは毎日庭に出て花の世話をする。

そして、時間を見つけては美しく咲いた花を写生した。図録に影響を受けたリザの花の絵はあまり大きくはないが、綺麗なだけでなく、細密画と言ってもいいできばえだ。

それが珍しいのか、今まで描いた絵はほとんどが売れたのだった。

二日後。秋の暖かい日。

リザはいつものように温室で絵を描いていた。あとひと月もすれば、冷たい風が吹きはじめるだろう。王都はそうでもないが、北や東の地方の冬は厳しいと聞く。

リザが注意して調べたのは、東の地方の情報だった。

本を買う余裕はないので、町の人や旅人の話が頼りだが、東の情報は少ない。新しい領主の噂も然りである。飢饉や疫病、反乱などが起きれば、人々の口の端に上るので、きっと何事もなく治まっているのだろう。

「考えたってしようがない。私にできることは今これだけなんだから……。花びらの縁の曲線は繊細に、ほんのり紫を足して……、葉っぱは緑だけでなくて斑を白く表して……」

リザは花の特徴を唱えながら絵筆を動かす。

複雑な形に重なり合った花びらや葉を、紙の上に再現するのは難しく、根気のいる作業だ。筆先が止まらぬよう、生き生きとした描線で描いていく。

いつしかリザは描くことだけに熱中していた。

「リザ様！」

ニーケが駆け込んできたのは、リザがそろそろ筆をおこうかと思った時だった。

「どうしたの？」

滅多にないことに、落としそうになった絵筆を水入れに突っ込んでリザは振り向いた。

「たった今、王宮からお遣いが！」

「あら、そう？」

ニーケは驚いているが、どうせいつもの安否確認だ。前回来たのは半月前だから、もう少し間があると思ったが別に構わない。

「では着替えるわ。お待ちいただいて。お茶なんか出さなくっていいわよ。どうせ飲まないし、すぐにお帰りになるし」

立ち上がってリザは温室を後にする。

「は、はい」

リザの着替えに手伝いはいらない。なんでも自分でできるからだ。

持っている服の中で一番様子の良いものに着替えると、顔を洗い、髪を整えて客間――と言っても、ただの古ぼけた居間だが――に入った。

そこにいたのは、いつもの安否確認係の召し使いではなく、五年前と同じ、メノムという兄の筆頭侍従だった。

「お久しぶりでございます。リザ様」

「あら、こんにちはメノムさん、お久しぶり。私はこの通り元気よ、兄上にもそう伝えてくださいな。ではごきげんよう」

このメノムという男をリザは好かなかった。

かつて十四歳だったリザを、虫でも見るような目つきで見たからだ。褐色というのは暖かい色なのに、なぜこの男の目は、こんなに冷たいのだろうと、リザは思う。

――あの方とは大違いだわ。

「お待ちください。本日は陛下より、お言伝がございます」

痩せた男は眼鏡の奥からリザを見下ろした。彼の風采は、以前より立派になっている。地味に見せているが、高価な布地を使った上着の胸元には、宝石が輝いていた。

「言伝？　なんでしょう？」

妙な既視感が湧き上がる。以前にも同じようなことがあった。しかし今さら、なにをせよと、兄は言うのだろう。湧き上がる不信感を抑えながら、リザは厳しい目でメノムを見つめた。

メノムはわざとらしく咳ばらいをして、勿体をつけている。

「申し上げます。リザ姫には、これより二月の後、王国の次席公爵、シュラーク公爵家に嫁ぐように、という陛下からのお言葉です。五日後に迎えを寄越しますので、それまでに身辺整理をせよとの仰せでした」

「え!?　どういうことですか？　私はすでに嫁いだ身の上です！　あなたも知っているでしょう？」

予想もしなかった事態に、リザは声をあげた。

「リザ姫の夫である、イストラーダ領主、エルランド・ヴァン・キーフェル閣下からは、数日内に離縁届が届く手はずになっております。これによってお二人の離縁が成立いたします。おわかりですか？」

「りえん……？」

何を言われているのか、すぐには理解できなかった。

「左様。ですので、姫にはこの後、王宮内で公爵家にふさわしい教育を受けていただき、二月後の結婚式に向けて、準備を整える手はずになっております」

「……りえん……離縁届？」

リザは呆然と繰り返す。

「詳しくは陛下にお尋ねくださいませ。では私は、これにて失礼いたします」

メノムはそう言うと、立ちつくすリザを置いて去っていった。

『イストラーダ領主、エルランド・ヴァン・キーフェル閣下からは、数日内に離縁届が届く手はずになっております』

王の侍従、メノムからもたらされた知らせは、リザを打ちのめした。

すでに陽は落ち、灯りも灯さない部屋は真っ暗だ。閉じ切らぬ窓からは初秋の風が吹き込んでいる。

「一人になって考えたい」と、リザは心配するニーケを遠ざけ、夕食もとらなかった。大丈夫、とニーケの前では平静を保っているようにふるまっていたが、その実、リザは打ちひしがれていたのだ。

「私、もの凄い馬鹿だわ」

捨て置かれた花嫁だと悟ったつもりでいながら、心のどこかで待っていたのだ。

──五年前、深い声と金緑の瞳で、迎えに来ると言ったあの方のことを、私はずっと。

心地いい温もりで私を包み、髪と肌を撫でた大きな手。額にそっと触れた唇。

忘れたことはなかった。

──眠りに落ちるまで抱きしめてくれた人のことを。

──あの夜のことを、私は幾度思い返しただろう。

そう、リザは、エルランドのことを一日千秋の思いで待っていたのだ。

ニーケには強がってみせても、いつか、もしかしたら……という思いを捨てきれないでいたのだ。

離縁されるという事実よりも、そんな自分に絶望した。

「お笑いだ。あの方はとっくの昔に私を見捨てていたというのに！」

この国の貴族や王族の離縁は、双方の同意でなされるものではない。

よほどのことがない限り、主権は身分の高い方にある。この場合は王だった。

リザがいかに王家の血を引こうが、降嫁された身の上で、身分の低い母の娘と蔑まれた身では逆らいようがなかった。

「……自分が馬鹿すぎて涙も出やしない」

リザは乾いた唇で呟いた。

しかし、リザは翌日には心の痛みを押し隠し、前を向こうとする。今がどん底なら、はい上がるしかないのだ。

メノムが帰ってすぐに、ニーケやオジーが集めてくれた情報では、シュラーク公爵家というのは、代々王家を守り、政治を担ってきた高位の家柄だという。

王家と遜色ないほどの富を持ち、西の地方に広大な領地を所有しているのは、有名な事実だった。兄王は、公爵家との繋がりを更に密接にしようと、リザの利用方法を変えたのだろう。

幼い王女に辟易して、辺境の統治に勤しんでいる領主エルランドに離縁を持ちかけ、彼はそれを了承したのだろう。王家に生まれた者の結婚は、自分の意思では決められない。事実リザの五人の兄姉たちは、国内の名家や外国の王家と婚姻を結んでいる。

当代のシュラーク公爵は、前年妻を亡くしたばかりの五十前の男らしい。

公爵自身に悪い噂は聞かないが、成人した者も含め、子どもが七人もいるという。

だから、今さら後継争いなど起きないし、長らく放って置かれた庶出とは言え、王家の血を引く王女を迎えることは、悪い話ではなかったのだろう。特に断る意思はないそうだ。王家に恩を売る心づもりもあるのかもしれない。

ヴェセルにしてみれば、リザのすぐ上の姉ナンシーが国内の有力貴族に嫁いだ直後で、使える駒はリザだけということなのだ。

エルランドとの婚姻が形式だけだったことは、彼がすぐに領地に去ったことからも公然の事実だった。

『兄ではない、陛下と呼べ。カラスの分際で』

相変わらず兄上は、私を知恵も意思もないカラスだと思っているのだわ。

リザは白くなるほど唇を嚙みしめた。

エルランドがこの離縁話に二つ返事で同意したのか、そうでないのかはわからない。

けれど、この五年の間、なんの音沙汰もなかったことは厳然たる事実だった。

最初の頃は、新しい土地を治める仕事で手一杯なのだろうと考えていた。しかし何年待っても、一通の手紙すら来なかった。

それを思うと、リザはいかに自分が、誰にも必要とされていないのかを思い知らされ、身の内が凍り付く。

あまりに値打ちのない自分が、馬鹿馬鹿しくて涙も出ない。

『全て言いなりになるのは嫌だと思った』

エルランドはそう言って、自分を置いて行った。

「私も、全て言いなりになるのは、嫌だ」

リザはそっと独りごちた。

「兄上もあの方も、私を好き勝手に利用しているのに、私はどうして自分のやりたいようにできないの？　そんなの嫌、嫌だ。絶対に嫌！」

今こそリザはわかった。

皆が自分のことを、言いなりになる人形だと思っているのは、リザ自身がそうふるまってきたからだ。仕方がないと何もかも受け入れ、自分の意思を示そうとはしなかった。

手紙が来ないなら自分から書けばよかったのに、そうはしなかった。考えつきもしなかったのだ。

──ならば。

──愚かな自分を捨てたいのなら、今からでも自分の考えを持てばいいのだわ。

「私は」

勝手に離縁を決められて、父親のような年齢の、知らない男のもとに嫁ぎたくはない。

「結婚なんか二度としたくない」

──これが私の意思だ！

リザは顔を上げた。放り出した絵を拾い上げる。

「私だってできる。全て言いなりになるのは、嫌だ」

それは、かつて夫、エルランドが言った言葉。

だから──。

「逃げよう」

リザは心を決めて立ち上がった。

東の市。

それは王宮の東の小門から近い通りにあり、古くからの堅実な商人が多く、幅広い道の両側には様々な店が並ぶ。

多くは午前中に店じまいをするため、簡単な木組みに布を張っただけの店がほとんどの市場だったが、今日もたくさんの人でにぎわっていた。

「お花はいかがですか？　長持ちしますよ」

リザは初めて店の表に立っていた。

最初のうちこそ、大きな声を出すことに戸惑っていたリザだが、オジーに励まされ、一生懸命に声を出す。こんなに声を出すのは初めてだった。

「リザ様、上手ですよ！」

「ありがとう、最初は恥ずかしかったけど、慣れたら楽しいわ」

リザの頬は真っ赤になっている。この日のために今まで育てた苗や花を、全て持ってきたのである。できるだけ売り切りたかったのだ。絵を描く道具は持ってこられなかったが、最後に描いた花の絵は、いくつか額に入れて店の奥に飾っている。

「ここを出ていく」

リザの決心に最初は反対したニーケも、今は隣に立って呼び込みをしてくれている。

「久しぶりだね、お花屋さん！　おや、今日は可愛い売り子さんが二人も！　じゃあこれとこれを十本ずつ分けて包んでおくれ、今夜店に飾ろう」

「ありがとうございます！」

　花は次々に売れていった。

　最初は切り花よりも株を買う人が多かったが、時間が経つにつれて、切り花の方がたくさん出るようになってきた。買うのは主に夜の商売をする店の人たちのようだ。

「この分では午前中に売り切ってしまいそうですね」

　ニーケが嬉しそうにリザを振り向く。

「そうね。路銀が増えるのは心強いわ」

　使者が来てから、リザとニーケはずっと話し合った。

　兄王から迎えが来るのは五日後、それまで放って置かれるのは、今までのことからしてまちがいない。市の立つ日は三日後だから、リザが旅の仕度を整えられるのは二日しかない。

　リザが自分で考えて逃げ出すなどと、兄は思いもしないだろうから、この二日をできるだけ有効に使わねばならないのだ。

「一緒に来ることはないわ、ニーケ」

　リザは精一杯強がってみせた。

「いいえ、私も一緒に参ります」

ニーケの声にも目にも迷いはない。彼女にとっても一番近い身内であった祖母が死んでからも、給金も払えないのにリザと共にいてくれた。

リザにとっては友人とも姉ともいえる無二の存在だった。

「でも、どうなるかわからないのよ。ニーケまで私の巻き添えになることはないわ」

「私の主はリザ様です」

ニーケはきっぱりと言った。

「それよりも、これからどうするかを考えましょう。リザ様が逃げたと知ったら、陛下はきっと人相書きを作らせて捜しにかかりますよ。シュラーク公爵と言えば、王室に次ぐ家柄ですし、公爵様の面目をつぶすわけにはいきませんもの」

「だったら逃げる時には男の子の格好をするわ。そしてニーケの従者ということにする」

「そんなことできませんわ！」

ニーケはとんでもないというように首を振った。

「できるわ。私はもう、なにもできない十四の子どもじゃない。働くことは好きよ。それに、もし捕まったって殺されたりしないわ。無理やりお嫁入りさせられるだけよ。その時はニーケだけでも逃げてね」

「そんな！　私はいつまでもおそばに！」

「いいのよ、そんなこと。今の問題は、もしもの時の話より、どこに逃げるかだわ。あてもなく逃げ続けるわけにはいかないし」

リザは真剣だった。

「それなら、王都から東に二日くらいのところにあるハーリ村に、私の大叔母が住んでいます。王都から近いラガースという町の先の村です。最近は手紙のやり取りぐらいしかありませんが、しばらくそこに身を寄せられては？　大叔母は仕立て屋だから仕事もあるかも」

どんどん現実的な方向に話を進めるリザに、ニーケも腹をくくったように言った。

「まぁ、東の村に大叔母様が!?」

「はい。私も子どもの頃に、何回か祖母と一緒に訪問したことがあるだけですが」

ニーケの話では、祖母が亡くなってからはニーケがリザの離宮に詰めっきりになってしまったので、手紙以外の交流は途絶えているということだった。

「仕立て屋さんか。私にもできる仕事を見つけられたらいいんだけど……」

「仕事、ですか？」

「ええ。私だって、仕事をしないと生きていけないことくらい知っているわ。私は教養がないから難しいことは無理だけど、掃除とか皿洗いなら」

「姫さまが掃除！」

ニーケは久しぶりに姫という称号を用いた。普段はリザが嫌がるので、姫と呼ぶことはなかったのだ。

「ええ、そうよ。それくらいしかできることが思いつかないもの。それに私は」

「姫じゃない、ですわよね。でも、リザ様にはまちがいなく、ミッドラーン王家の血が流れているのですよ！」

「半分だけよ」

「それでもです！　第二王女様だって庶子だと言いますけど、立派なところにお嫁に行かれたと聞きます」

五年前の宴で会ったその姉は、母親が地方の伯爵令嬢だということで、兄と同じ美しい金髪を持っていた。だから、大切にされたのだ。

「私だってそうよ。もっとも、もうすぐ……離縁されるけど」

リザは自嘲気味に笑った。

「でもね、いいのよ。たった一度会って、それっきりの縁だった……というだけ」

リザはニーケから目を逸らし、住み慣れた離宮を見渡した。

古びてあちこち崩れかけ、住めるのは居間と二人の寝室くらいである。

二階の天井は一部抜け落ち、石の階段はひびが入っているから上ったこともない。

苦心して作った温室の扉を閉ざし、裏の母の墓に最後の花を供える。

——これだけが私の許された世界だった……。

『イストラーダは、ミッドラーン国の最東にある。そこは今まで誰も欲しがらなかった土地で、非常に貧しく危険なところだ。俺ですらほとんど足を踏み入れたことのない地方なのだ』

エルランドは、イストラーダのことをそう語った。

「……リザ様？」

ニーケに呼ばれてリザは我に返った。にぎわう市場のただ中である。

「どうされましたか？　お疲れに？」

「いいえ、大丈夫よ」

物思いから覚めたリザは、改めて辺りを見回した。

「どうやらお花はあらかた売れたみたいね……そろそろお店を閉めて出発した方がいいのかしら？」

リザが市場を見ると、ぼちぼち店じまいを始めている店がいくつかある。

そろそろ正午になろうとしていた。売れ残った花は道ゆく子どもに配って、三人は店を畳みはじめる。オジーは王都の城門まで送ってくれる手はずだが、家族も仕事もあるから連れては行けない。三人は黙々と作業を続けた。

ふと見ると、リザの描いた絵が一枚売れ残っている。

珍しい花を緻密な筆致で描いた作品だが、花が地味なので目立たなかったのだろう。

「こんなの誰もいらないわね」

――私みたい……。

リザはその絵を前掛けで包み込み、荷物の底にそっと入れた。


東の城門で、二人はオジーと別れた。

オジーは、朽ちかけた離宮に住むリザがなるべく不自由しないように助けてくれた、数少ない友人だ。

出会った頃はそばかすだらけの子どもだったが、今ではリザより頭ひとつ背の高い少年になっている。彼と別れるのは辛いことだった。

しかし、日暮れ前に王都郊外の宿に着くためには、ぐずぐずしてはいられない。

「オジー、今まで本当にありがとう。おじいさんやおばさんによろしく伝えてね」

リザはオジーの家族に迷惑がかからないように、自分たちの逃亡を家族に伝えることを禁じていた。どうせ遠からず兄の使者に見つかるのだ。

「本当は俺も一緒に行きたいんですけど」

オジーはリザの手を取って言った。彼はもう一人前の庭師だ。父はすでに亡くなり、祖父は足を悪くして引退しているので、オジーが家族を養っている。

「だめよ、それは。あなたの家に迷惑がかかるわ。何度も話し合ったじゃない。それよりオジーの方が心配だわ。私たちの逃亡を助けたってことで、後から罰を受けるなんてことないかしら」

　リザたちは知恵を出し合い、兄王からの使者が到着する前の晩まで、オジーが離宮に忍び込んで窓際に灯りを灯すことになっている。偽装のためだ。

　ヴェセルはリザのことを、知恵が回らない娘だと思っているようなので、時間稼ぎくらいはできるかもしれない、そう思って。

「大丈夫。俺はなんとでもなります。そもそも仕事以外では、誰も俺のことなんて気にかけてないし。だから心配しないでください、リザ様」

「いいえ、これからはリオよ。僕はリオだ！」

　リオとは、リザが少年の格好をする際の偽名である。城壁を出てすぐのところにある、オジーの祖父の古屋で二人は変装する予定だった。

「それとも俺の方がいいかしら？」

「いや、その見てくれでは僕の方がしっくりきます。それにまだ、女の子ですよ」

　オジーは初めて笑った。

「すぐに男の子になれるわよ。私は痩せっぽちだし」

「わかってないようだけど、リザ様はお綺麗なんですよ」

ろくに食べられなかった子どもの頃とは違い、今のリザは、華奢ではあるが年相応に柔らかい曲線を持っていた。華やかに咲き誇る薔薇ではなくとも、風にそよぐ可憐な野の花の風情がある。

「男の子の格好をしていても、親しげに近づいてくる男には気をつけてくださいね。いいですか？　ニーケ以外誰も信用しちゃいけません」

あっさりとした様子のリザに、オジーはまじめな顔で言った。

「わかっているわ」

わかっていない子どもが言うように、リザは受けあった。

「ニーケ、ニーケだけが頼りだから」

「ええ、オジー。私が絶対にお守りする」

ニーケは大きく頷いた。しかし、誠実な茶色の目には不安な色が隠しきれていない。

自分たちがあまり世間を知らないということを、彼女は知っているのだ。本当はリザが最後まで逃げ切れるかどうか、自信がない。

「しばらくは手紙も出せないわ。元気でいてね、オジー……今まで本当にありがとう」

さすがに涙を滲ませ、リザはオジーの手を取る。

「どうかお気をつけて……くれぐれも無茶だけはしないでください」

「わかった」

「本当にダメだと思ったら……戻ってきたっていいんです。本当に、本当ですよ……いざとなったら、俺がリザ様をお嫁さんにしますから」

最後の言葉はリザの耳元で囁かれ、頬に唇が触れた。

「まぁ、オジー！」

ニーケが咎めるようにオジーの袖を引っ張る。

「いいのよニーケ。私だってオジーが大好きだわ」

リザは泣き笑いの顔で言った。オジーの目にも涙が浮かんでいる。

「ありがとう、オジー」

世間知らずのリザには、明日何が起きるのか見当もつかない。

――でも、今は進むしかないのだわ！　私が自分で決めたのだから。

「じゃあ行くわ」

リザは、弱気な考えを振り払うように言った。

「またね、オジー」

手を振るオジーを残して二人は歩き出す。城門の人の往来は激しく、オジーの姿はすぐに見えなくなった。二人は行き交う人々に紛れて城門を出た。

――ここからが本当に外なのね。

街道はまっすぐ東に延びている。今日一日でリザの世界は、大きく広がったのだ。

そして、その日の夕刻。

意外にも何事も起こらず、二人の娘は王都の東にあるラガースの町にたどり着いた。この間、花を売ったお金で慎ましいながらも食事にありつけたし、通りかかった農家の荷馬車に乗せてもらえたので、行程は意外にもはかどった。

ミッドラーン国は、王都から南や西の地方が豊かである。

気候は温暖で平地に大きな川も流れているため交通の便もいい。しかし、北や東に行けば行くほど土地は貧しくなる。

ラガースの町は王都に近いため、さほどでもないが、それでも王都では三階建てが普通だった町並みに、二階建てが増え、公共施設の建物の規模が小さくなっている。

「リザ様！　あれを、あれを見てください！」

ニーケが指差したのは役所の入り口だった。横の掲示板にはいくつかの貼り紙がある。よく見ると、その一枚にはリザの似顔絵が描いてあった。

『尋ね人。行方不明の娘。発見せし者には相当額の謝礼これあり。特徴は黒髪黒目、痩せ型、身の丈……』

似顔絵の下にはリザの容姿が事細かく示してあった。誰がこんなに自分をよく知っていたのかと、リザは変なところに感心してしまう。

「これ案外、私に似ていると思わない？　迎えがくるまでにはあと二日ぐらいあったはずなのに……きっとあの嫌味な侍従の仕事だわね」

「ですが、どうして……こんなに早く……」

兄王が離宮に迎えを寄越すといった日は、メノムが来てから五日後だったはずだ。リザは自分が兄に、侮られていると思い込んでいた。

王宮の門を抜ける時も、王都の城壁を抜ける時も誰にも咎められなかったのだ。それが幸いし、二人はニーケの大叔母が住んでいるというハーリの村まで、約一日の道のりを残すのみとなっていた。

あとから思うと、世間知らずの二人の娘は、旅の出だしがあまりにうまく行ったことに油断していたのかもしれない。どういうわけか、二人より先に手配書が回ってきている。それはまだ新しく、のりが乾いていなかった。

「兄上も案外やり手ということなのかしら？」

こんな時ながら、リザは兄王のやり口に感心してしまった。リザはリザで、自分のことを知恵が回らないと思っている兄を侮っていたのである。

「リザ様、どうしましょう。この分では、行く先々に役人がいると思いますわ」

「大丈夫よ」

リザは都を出てからすぐ、帽子を深く被って少年の姿になっていた。以前より豊かになった胸のふくらみは、オジーからもらった厚めのシャツと上着を着ることでごまかした。

そしてはためには、ニーケが主人のようにふるまっている。そして手配書にニーケの顔はなかった。

　リザの特徴を記した最後に、連れの娘一人と記されているのみである。彼らはニーケの顔も名前も覚えていなかったのだ。

「さすがにこの町には入れないから、迂回して反対側に出ましょう。この辺り一帯は多分牧草地よ。きっと農家の小屋か何かがあるのじゃないかしら？」

　リザは平原の植物群に目を凝らした。

「行ってみるしかないわね」

　二人は疲れを押して歩き続ける。町に着いたのが夕刻だったので、迂回して反対側の町はずれまで来た時には、すっかり日が暮れていた。

「ニーケ、向こうに見えるのは民家ではなさそうよ。藁塚のようなものもあるし、納屋か倉庫じゃないかしら？　今夜はあそこで休ませてもらいましょう」

「仕方がないですね。鍵が開いていて休めるような場所ならいいですが」

「宿代が節約できると思えばいいわ」

　幸い、まださほど寒い気候ではない。雨の気配もないし、今夜はそうするしかなさそうだった。夕陽の最後の名残が消えていく。

「ロウソクくらい買ってくれればよかったわね。こんなに急に暗くなるとは思わなかった」

身近な目的ができたので二人の足が速くなる。

「急ぎましょう。今夜は曇っていて、月も星も見えないわ」

「轍が深いから気をつけないと……あっ！」

リザの目の前でニーケの姿がいきなり消えた。

空を見上げていて道の縁を踏み外した彼女は、街道の脇の深い側溝に転がり落ちてしまったのだ。

「ニーケ！」

リザは斜面を滑り降りた。家畜が逃げ出さないように掘られた水のない側溝だった。

「ニーケ！　大丈夫？　怪我は」

溝の底でうずくまって、ニーケは体を丸めている。どうやら足を痛めたようだった。

「だ、大丈夫です」

ニーケは痛みに耐えながら言った。額に汗をかいている。

「どう？　立てそう？　肩を貸すわ」

「……すみません」

埃だらけになったニーケは上体を起こすと、リザの腕につかまって立とうとした。

しかし——。

「痛っ！」

なんとか立てることは立てたのだが、左足に重心が乗ってしまっている。右足首をひねってしまったのだ。

「ニーケ!」

「大丈夫ですから!」

「とてもそんなふうには見えないわ。脂汗をかいているじゃない。一旦座りましょう」

リザはニーケに肩を貸しながら、溝の反対側の平らなところにニーケを座らせた。

「ここはどう?」

暗くてよく見えないので、靴の上からそっと触れてみる。

「う……だ、だいじょう……んんっ!」

「痛いのね。触った感じではかなり腫れてる。これって捻挫というものかしら。骨が折れてないといいけれど……」

「私は大丈夫ですから、リザ様、どうか私を置いて、あの小屋まで行ってください」

「そんなことできるわけないわ! ここにいてちょうだい。私は誰か通りかかる人がいないか、道に戻って見てくるから」

そう言うと、リザは斜面をよじ登って道の上に立った。しかし、街灯りを透かしてみても、見渡す限り誰もいない。散々目を凝らしてからリザは肩を落とした。

振り返ると、地平線にいくつもの星灯りが灯りはじめていた。

「なるほど……これが現実というものなのね」

平原が闇に沈んでしばらく経った。東へと延びる街道を通る者は誰もいない。

西の方角のラガースの町からは、暖かそうな灯りが瞬いている。

リザは心の底から孤独を感じた。

この暗く広い空間に、自分はたった一人で立っているのだ。

しかし、今は大切な友人を守らなければならない。下を覗き込むと、ニーケは体を丸めて痛みをやり過ごしているようだ。リザは次第に焦りを覚えていた。

陽の名残も消えた街道に、旅人が現れるとは、さすがのリザにも思えなかったのだ。

――いつまでもニーケをこのままにはできない。思い切って町から人を呼んでこよう。

手配書は回っているけど、一晩くらい少年の振りで押し通すのよ。

「ここに突っ立っていても仕方がないわ！　ニーケ。私、町まで戻って、誰か人を呼びに行く！」

「……リザ様っ！」

ニーケが何か叫んだようだが、リザは振り返らずに町へと走った。一刻の猶予もない。

――早くニーケの手当てをしないと！　もし、骨が折れていたら……。

――全部私のせいだ！　私が逃げ出したりしなければ、何も問題は起きなかったのに。

わずかな灯りを頼りにリザは街道を走った。

しかし、思うように進めない。ここで自分まで怪我をしたら、もうこの旅はおしまいだろう。

「もう少しよ！　リザ、頑張って！」

遠かった町の灯が、リザの足元まで届くようになった時、東から蹄の音が響いてきた。

「誰か来る！　これは馬の足音ね。それもひとつじゃない」

振り返っても、暗くて何も見えない。けれど、遠くに小さな灯りが上下していることはわかった。

蹄の大きな高鳴りは、市民や商人ではない、訓練された馬の足音だ。リザはもう何も考えずに、道の脇に避けて馬が近づくのを待った——が待つほどのこともない。

馬はあっという間に近づいてきた。

それも一頭だけではない。大きな黒い影の塊は、まるで物語で読んだ怪物のようだった。

遠かった蹄の音が間近で響き、荒々しい息遣いまでも伝わる。

馬をよく知らないリザには恐ろしい光景だ。しかし、ためらうゆとりはなかった。

四、五騎の騎馬隊がすぐそこまできている。先頭の騎馬が乗馬用のカンテラを持っていた。

「お願い！　待って！　待ってください！」

馬が駆け抜けるのに並走しながら、リザは叫んだ。しかし聞こえないのか、それともリザなど無視するつもりなのか、騎馬隊はどんどん通り過ぎていく。

「待って！　待ってぇ！　怪我人がいるんです！」

地響きを立てて最後の馬がリザのすぐ横を通り過ぎていく。彼女の足ではとても追いつけそうにない。リザは生まれて初めて本気で走った。

「あっ！」

小石につまずいて派手に転んでしまう。膝を打ったらしく、痛くてすぐに立ち上がれない。これではニーケの二の舞だ。それでもリザは、土くれを摑んで必死に叫び続けた。

「お願い！　気づいて！　私はここよ！」

その時——蹄の音に紛れて「止まれ！」と叫ぶ、男の声が聞こえた気がした。

道に両手をつきながらリザが茫然としていると、町の灯りを背景に、列の中程の騎馬がゆっくりと馬首を返す様子が見えた。

「助けて！　どうか助けてください！」

答えはない。乾いた響きが次第に高くなり、騎馬隊がリザの方にやってくる。

「あ……」

その人馬はもの凄く大きかった。

リザは地面に這いつくばっていたので、余計そう感じたのかもしれない。その姿に勇気を得て、リザは地べたに両手をついたまま叫んだ。

「お願いです！　連れが怪我をしてしまったのです。どうかお助けください！」

「……ラガースの子どもか」

リザからほんの二メートル先で、停まった大きな影から低い声が降ってきた。風よけに立てたマントの襟のせいか、声がくぐもっている。他の馬が町の灯火を受けて赤茶色に見えるのに対し、その人馬はどこまでも黒かった。

「いいえ！　た、旅の者です。私……僕の主人が側溝に落ちて、足を怪我してしまったんです！　どうか、お助けください」

少し落ち着いてきたリザは、低く聞こえるように声を落として言った。

「夜旅か、感心せんな。セロー」

「は！」

前方からもう一騎やってくる。若い男のようだ。

「立てるか？」

最初の男が馬から下りてリザの腕を摑み、ぐいと引き上げ、気がついたら立たされていた。まるで操り人形にでもなった気分だった。

「怪我はなさそうだな。怪我人はどこだ？」

「こっちです……きゃあ！」

リザは素早く気持ちを切り替え、暗い街道を戻ろうとしたところ、腰をさらわれて馬に乗せられてしまった。高さに怯える間もなく男が背後に跨る。

リザは馬に乗るのは初めてだった。地面がひどく遠い。

「大丈夫だから。俺に身を預けろ。セロー、俺に並べ」

低く耳元で囁かれ、馬の乗り心地の悪さもあって、リザの混乱はますます深まるが、ニーケのことを思って耐えた。腰に回った腕が安心させるように体を支えてくれる。

緊張は解けないながら、リザはほんの少し、力を抜くことができた。

「あ、ありがとうございます。あ、この近くです」

セローと呼ばれた青年が素早く前に出る。手に持ったカンテラは、暗闇に慣れた目に意外なほど明るく、暖かく思えた。

その時わかったのだが、男たちは一様に略式の鎧とフード付きの分厚いマントをつけ、大きな剣を携えている。どうやら地方騎士の一団のようだ。

王宮の兵士と似ているが、彼らとは纏う空気が全然違う。たとえるなら飼い犬と野犬の違いだろうか。

二騎はリザが懸命に走った道を、あっという間に引き返した。

「ここです！」

リザはニーケがいるはずの側溝を指して叫ぶ。

「お嬢様！　親切な方をお連れしました！　もう大丈夫です！」

「リオ？　リオなのね！」

ニーケはリザの偽名を呼んだ。

「大丈夫ですか？」

「ええ。でも、ごめんなさい。道まではとても登って行けそうにないの」

「どうしたら……え？　あ……ニーケ！」

リザが困っている間に、するりと馬から下りたセローが、カンテラを置いて側溝に滑り込む。あっという間に彼は、ニーケを横抱きにしてのしのしと斜面を登って来たのだ。

リザは思わず、背後の男を見上げた。同じ鞍に跨っていても非常に背が高い。

しかし、旅人用の鍔広帽子を深く被り、マントの襟を立てているため、整った鼻梁と顎の線しか見えなかった。

「お嬢さん、いったん下ろしますね。でも、立たないでください」

セローがニーケをそっと地面に下ろし、置いてあったカンテラを取り上げた。

「エリッツ様、お連れしました」

エリッツと呼ばれた男は黙って馬を下り、リザにも手を貸して下ろしてくれる。

地面が見えるのでもう安心だった。

「あ、ありがとう、ございます……」

その時、揺れるカンテラの灯を拾った帽子の奥に、ちらりと緑の光が見えた気がした。

「お嬢様！」

リザは、騎馬の男たちに怯え縮こまっているニーケのそばに駆け寄る。

「エリッツ様。いかがいたしましょう？」

「見せてみなさい」

セローが問うのへ、エリッツはカンテラを寄せて膝をついた。屈んでも、その背は相当に大きい。足を投げ出してへたり込んだニーケは、リザを、エリッツを、そしてセローを順に見つめた。

「お二人とも怖がらなくてもいいですよ。俺たちは怪しい者じゃありません。靴を脱がしますので足を見せてくださいね」

セローが明るく声をかける。声の印象からすると、エリッツよりもよほど若いようだ。

カンテラの灯りに明るい茶色の髪と目が見えた。気がつくと、騎馬隊がリザたちを取り囲んでいる。誰も何も言わない。

「エリッツ様、俺がいたしましょうか？」

屈み込んだ男は黙ったまま首を横に振って、器用にニーケの編上げ靴を脱がした。

「ああ、これは無理だ」

セローが声をあげた。

「かなり腫れていますね。相当ひどく捻ったようだ。道から落ちたのですか？」

「……はい」

ニーケはリザを気にしながらも、しっかりした返事をした。

「すぐに冷やさないと治りが遅くなります。エリツ様、どうされますか？」

「町に」

エリツは短く答えた。

「え!?　町に？」

「……だってお二人は、町へ向かっていたのでしょう？」

セローが不思議そうに尋ねる。確かにこの時刻では、リザたちはラガースの町を目前に難儀をしている旅人に見えただろう。この時刻に町の方角からやって来たと言うのは、いかにも不自然だ。

「は、はい。そうです。ラガースの町へ行く途中でした」

リザの視線を受けてニーケがとっさに嘘をついた。

「今夜の宿は決まっていますか？」

「……いいえ」

「エリツ様、どうしましょう」

セローの問いかけにエリツは黙って頷いた。彼にはそれで十分だったらしい。

「かしこまりました。では俺たちの宿に一緒に部屋を取りましょう。宿で医者を呼んでもらえると思いますし」

「で、でも……」

「お嬢様、参りましょう」

リザは即座に返事をした。

「お助けいただき、感謝の言葉もございません」

「わかりました。ではお嬢さん……えっと」

「ニ……ニケと申します」

ニーケは自分の名前を略して答えた。

「ではニケさんは俺の馬に。そっちの君は」

「いえ！　僕は歩きますので」

リザは慌ててそう言ったが、エリッツはさっさと馬に跨ってリザに手を差し伸べた。

「お前も怪我をしているだろう？」

「た、大したことは」

「時間がかかる」

そう言って、エリッツは再びリザを鞍に引っ張り上げた。その間にセローはニーケを自分の馬に担ぎ上げ、自分もひらりと飛び乗った。二騎は、少し離れたところで待っている、もう三人の騎馬と合流し、町へと移動しはじめる。

エリッツはセローの後をゆったりと進み、残りの三騎は彼らを囲むように進んだ。それは訓練された隊列だった。町の灯りがどんどん近づく。

――手配書に気づかれたらどうしよう。暗いし、男の子のふりをしているから、わからないと思うけど……。

リザの心臓は急速に高鳴り始めた。

「どうした、馬が怖いのか」

男が低く尋ねる。その声には労りが感じられ、リザは小さくかぶりを振った。

――大丈夫よ、リザ。堂々としていれば、きっと気づかれることはないわ。

しかし、その心配は杞憂に終わった。程なくたどり着いた町の東門の役所には、貼り紙がなかったのだ。

考えてみれば、兄にはリザが王都からどの街道を通って逃げるのか、見当もつかないだろう。これから寒くなる折、気候の厳しい東や北に向かわないと考える方が自然だ。

だから町の正面玄関である、西側の役所にしか貼り紙はなかったのだ。

一行は迷いもなく、町の広場に近い一軒の宿屋に入った。そこには大きな厩があり、すぐに馬番が飛び出してきた。男たちは馬番に駄賃をやりながら馬を預け、母屋に向かう。旅慣れているのか、行動に無駄がない。

髭の男は布が掛けられた籠を持っている。中から鳥のような鳴き声が聞こえるので、リザが不思議そうに見ていると、男は優しく笑って布を少し持ち上げてみせた。

「気になるかい？　これは鳩だよ」

「鳩？」

「ああ、特別な訓練を受けた伝書鳩なんだ。今は陽が落ちたから、もううとうとしているけどね。さぁ坊や、行こうか」

宿の入り口で、リザは帽子を深く被り直し、抱えられたままのニーケに駆け寄る。

「……大丈夫よ、リオ。心配かけてごめんなさいね」

ニーケは大丈夫だと言うように、力なく微笑んだ。

「やぁご主人、こんばんは。遅くに悪いね。三部屋、頼めるかい？」

セローは、出てきた宿の主人に向かって気さくに尋ねている。

明るいところで見ると、セローの様子はいかにも人好きがするような、明るい瞳の青年だった。最初はセローの後ろの剣を持った大柄な男四人にびっくりした風だった主人も、すぐに警戒を解いている。

しかし、リザは警戒を解くどころではなかった。街の入り口に貼られていた貼り紙が、帳場の奥にも貼ってあったのだ。

リザは用心しつつセローの背後にそっと隠れた。その様子をエリッツが見ていることには気がつかない。

「いえ、あいにく二部屋しか空いておりませんで……申し訳ございません」

主人はリザには目もくれないで愛想よく応じている。

「ではこの二人と、俺たち五人で用意してくれ」

エリツが鷹揚に銀貨を二枚、帳場に放り出した。

「しかし、騎士様方五人では、かなり手狭になりますが……」

「構わない。俺たちは野宿に慣れているからな、屋根の下で眠れるだけで十分さ」

髭面の騎士がこともなげに受け合うと、銀貨に気を取られた女将が亭主の袖を引く。

「あんた、物置部屋を片付けたら、後お二人くらいはなんとかなるよ。床に敷物を敷けばいいしさ」

「じゃあ、僕たちがそこを使いま……」

「俺が使う」

リザに被せてエリツが言った。

「え？」

「足を怪我しているのに、床に寝るのはよくないだろう。物置は俺たちが使う。いいな」

エリツは鍔広の帽子を背中に落としながら言った。

その瞬間、リザの顔は凍りつき、ひゅっと喉が鳴った。

男はエルランド——リザの夫であった。

二章　なのに今さら

「ご主人、こちらのお嬢さんが足を痛められたので、医者を呼んでいただけますか？」

　セローが愛想よく主人に頼んでいるのを、リザは夢の中のことのように聞いていた。

「リオ……リオ！　どうしたの⁉」

　焦った声でリザは我に返る。ニーケの茶色の目が心配そうに自分を覗き込んでいた。

「え？　ああ……えっと」

「こちらの方がお医者を呼ぶって……」

「え⁉　いえ！　お嬢様は、ぼ……僕が見ます！」

　振り返ったセローへ、リザは大きくかぶりを振った。

「お嬢様をお部屋に運んでいただければ、あとは僕がお世話するので！」

　医者ともなれば、役所から出回ってきた手配書を見ているだろう。

　診察される部屋の中で帽子を被っているのも変だし、万が一にも似顔絵とリザが似ているなどと思われたら、逃亡はそこで終わりだ。

「そうかい？　とにかくお嬢さんを休ませなくては。ご主人、冷たいお水を届けてもらえますか？」

どことなく緊張した空気を読んで、セローが提案する。

「承知いたしました。では、ご案内いたします」

主人の案内で、セローがニーケを抱えて階段を上る。慌ててリザも後を追うが、今さらながら足が震えていることに気がついた。思わず手すりにしがみつく。

「大丈夫か？」

背中に聞こえる低い声が、リザの項を逆立てた。たった一晩だったが、怯える子どものリザを優しく包み込んだ深みのある声。

——あの、声だ。

繰り返し思い出す中で、姿はどんどん象徴化されていったが、確かにこの声だった。

——どうして今まで気がつかなかったんだろう。なんで、こんなことになってしまったの？

——この人は私と離縁するために、ここまでやってきたというのに！

何らかの理由があって、偽名を使っているのだと思うが、エリッツはエルランドなのだ。

偽名を名乗っているのは、自分と同じように身分を隠すためだろうか。

なんという運命の巡り合わせか、旅の空の下、二人は再び出会ってしまったのだ。

「膝が痛いのだろう？　肩を貸すか？」

「いえ、だ……大丈夫です」

できるだけ声を抑えてリザは言った。

──大丈夫。私だとはわからないわ。男の子の格好だし、帽子も被っているのだから。大丈夫よ、絶対に大丈夫！

リザにだって誇りがある。

自分が、かつて置き去りにされ、今また見捨てられようとしている妻だとは、エルランドに絶対に知られたくなかった。その矜持が疲れ切った足に力をくれる。

リザはもう振り返らずに階段を上った。

用意された部屋は、階段の真横にあった。

扉が開けられている。セローの配慮だろう。ニーケは寝台に座らされて、セローが具合を確かめていた。リザが入るとニーケは泣きそうな顔でこちらを見る。

「リ……リオ」

「お嬢様！」

「だいぶ腫れていますね。痛いでしょう？」

明るい場所であらためて見ると、靴下を脱いだ足首は驚くほど腫れ上がっている。たいへん痛そうだ。その時、水が届けられ、セローはゆっくりニーケの足首を桶に浸した。

「本当に医者を呼ばなくて大丈夫ですか？　これは夜の間、相当痛むと思いますよ」

「だ、大丈夫です。お水につけると楽になりました」

ニーケが必死で笑顔を取り繕う。

「でも」

「金か？」

リザは背後からかけられた声に、振り返る勇気がなかった。

エリッツはエルランドなのだ。しかし、それに気がついたことを絶対に悟られてはならない。彼はもうすぐリザの夫ではなくなる人だ。

見たこともない公爵との再婚を嫌がって王都を逃げ出したリザが、どんな顔をして彼に対峙すればいいというのか？

しばらく部屋は気まずい沈黙で満たされたが、やがてエリッツ――エルランドは言った。

「セロー、薬を」

「はい」

セローはきびきびと部屋を出て行き、すぐに薬入れと思しき布袋を持ってきた。中にはいくつもの小袋や瓶が入っていて、それぞれ違う薬のようだ。包帯もある。

「お嬢さんは俺が手当てをするのはお嫌でしょうから、坊やがやるといい」

「はい」

リザはニーケの前に置かれた桶の前にしゃがみこんだ。絶対に後ろは見ない。見てはいけないのだ。

「俺が手順を教えよう。セロー、氷をもらってこい」

「かしこまりました」

再びきびきびとセローが出ていき、部屋はリザとニーケ、そしてエルランドの三人だけとなった。

「どれ」

「……っ！」

不意に横から響いた声に、リザは驚いて反対側に手をついた。

「どうした？」

「いっ、いえ、何も」

リザはニーケの怪我に集中するそぶりでうつむく。

「お前は部屋でも帽子を脱がないのか？」

リザが深く被ったままの帽子を見ながら、エルランドが尋ねた。

「……」

「どうした？」

「ご、ご無礼をお許しください。これには事情があって……」

「事情？」

「そっ！　そうなんです！　リオには顔に傷があって、誰にも見られたくないんです！」

「そうか。立ち入ったことを聞いてすまなかったな」

　ありがたいことに、エルランドはそれ以上追及しようとはしてこなかった。

「人にはそれぞれ事情があるものだ」

「……それは、あなたにも？」

　思わずリザは尋ねてしまう。

「ああ。さぁ、リオ。お嬢さんの足を拭いてやってくれ」

　エルランドはリザに清潔な布を手渡した。リザは腫れあがったニーケの足を注意深く持ち上げ、丁寧に水気を拭ってやる。

「腫れたところを押さえないように。そう。上手だ、リオ」

「……」

　リザは奇妙な感覚を味わっている。自分がニーケの足首を拭いているのに、まるでこの男に触られているような気分になるのだ。

　――こ、この声が悪いんだわ。あんまり近くで囁くものだから。

「次はこの布に薬を塗る」

　エルランドは小さな瓶のふたを開け、小さな木のヘラをリザに渡した。

「布の端の方。このヘラで薄くのばすように」

リザは言われた通り、清潔な布に湿布薬だという、緑色の薬を塗り付ける。色も凄いが、臭いも独特だ。

「臭いだろう」

わずかに笑いを含んだ声が近くで聞こえる。リザは前を向いたまま黙って頷いた。

正直に言えば、彼にあまり喋ってもらいたくはなかった。彼の声を聞くと、体がなんだか熱くなってしまうのだ。

それはリザをひどく戸惑わせる感覚だった。

「確かに臭いが、これは炎症を抑える薬草をすりつぶして小麦粉に混ぜたものだ。腫れにはよく効く。俺が何度も実証しているからな」

「まぁ！　あなたもお怪我を？」

尋ねたのはニーケだ。リザが黙りこくっているのを察して、自分が間を持たせなければと思ったのだろう。

「ええ。お嬢さん、何度もこいつのお世話になりましたよ」

「争いごと、ですか？」

「もっとひどい。戦です」

「戦！」

「まぁ、今はそれほど大きなものはないですが、昔は東の方で大きな戦があったのです。

俺は子どもでしたが、父とともに戦い、いくつも怪我を負いました」

「まぁ、恐ろしい……子どもが戦うなんて」

「ええ。だから、俺は子どもが戦わなくてすむような国にしたいのですよ」

「ご立派ですわ」

「ははは。お嬢さんはお優しいですね。実際は、それほどきれいごとではないですが」

「……」

エルランドの話に非常な興味を持って聞き入っていたリザだが、突然奇妙な不快感を、胸のあたりに感じる。

帽子の下からそっとうかがうと、男はニーケに向かって微笑んでいるのだ。たったそれだけのことなのに、胸のあたりがつきんと苦しい。

――私、どうしたのかな？　なんだか胸が苦しい。

――ああ、きっと変な臭いの薬のせいだわ。頭がくらくらする。早く手当てを終わらせてしまわなくては。

「塗り終えました。次はどうしますか？」

こぼれた声は自分でも驚くほど、きつい響きを含んでいた。ニーケの驚きが伝わる。

「ああ。上手に広げたな。次は薬の部分が腫れた場所に重なるように貼り付け、この包帯を巻いていく。足首が動かないように少しきつめに、何重にも」

「わかりました」

リザは薬を患部に当てると、上から長い包帯を巻いていく。

「えっと……」

きつめに巻くようにとのことだったが、足首には角度があって、リザにはうまく巻くことができない。もたもたしていると、後ろから腕が伸びた。

気が付くと、リザはすっぽりと男の腕の間に収まってしまっている。

「ちょっと難しいかな。こうするんだ」

リザにわかるようにとの配慮か、エルランドはリザの背後から手を回し、器用に包帯をニーケの足首に巻きつけていく。

「このような包帯の巻き方を覚えておくと、いざという時に役に立つから、よく見ておきなさい」

「は……はい」

リザの掌は、大きくて指の長い手に取られて、一緒にニーケの足首に包帯を巻き付けていく。その手はとても熱くて、緊張して震えるリザの指先を包み込むように動いた。

「そう。曲がったところは少しきつめに巻く……そうだ。上手だぞ、リオ」

「……」

近くでささやく低い声に、リザはこくこくと頷くことしかできない。

さっきから感じている奇妙な感覚はますます強くなり、その上、心臓まで変な鼓動を打ちはじめるのだ。

「布を結びます。きつくないですか？」

「大丈夫、です」

二人の声を上に聞きながら、リザは何とか足首を固定する作業を終えた。

「ありがとうございます。騎士様、リオ」

ニーケの足首はかっちりと固定されている。

「よかった。じゃあこれで」

エルランドが離れてくれたので、ほっと肩の力を抜いたリザが、やっと彼が出て行ってくれると思ってドアを開けようとすると、ぐいと腕を掴まれた。

「次は君だ」

リザの膝に滲んだ血を見てエルランドは言った。

「足を出しなさい」

「え!? いえ！ 僕は大したことありませんから」

「でもリオ、傷は洗った方がいいわ。悪いものが入るといけないから」

ニーケも口を出す。

「なっ……なら、後で！ 後で自分で洗います。大丈夫です！ もう痛くないし」

全力で辞退するリザを、エルランドは意にも介さず、ひょいと近くの椅子に座らせた。

「お嬢さんの言うとおりだ。擦り傷だからと言って、放っておくと治りが悪いし、痕が残るぞ。薬があるんだから、言うことを聞きなさい」

「傷痕なんか平気です」

心の傷に比べたら……リザはそう思った。しかし、エルランドは容赦なく、リザのぶかぶかのズボンの裾をたくし上げ、膝をむき出しにする。

「やっぱり、血が滲んでいると思ったら、結構ひどい擦過傷になっている」

「さっかしょう？」

「擦り傷ってことだ。少し沁みるぞ」

エルランドは水差しの水を、うつむくリザの膝にちょろちょろと流しかけた。

「……っ」

「まずは砂を落とさないと……ああ、綺麗になったな。次は消毒だ。少し沁みるぞ」

エルランドは綺麗になったリザの傷に布をあてると、今度は薄い茶色の薬を布に染み込ませて押さえた。この薬は水よりもずっと沁みたが、リザはきつく手を握り締めて我慢する。もう弱いところは見せたくなかった。

「さ、これでいい。後は軟膏だ」

言いながらエルランドはべたべたする塗り薬をリザの膝に塗りつけた。痛いのに、くすぐったくもあり、体の奥がむずむずする。

「終わった」

声をかけられて、リザは自分がぎゅっと目を閉じていたことに気がついた。いつの間にか、膝に布が巻き付けられている。痛みは感じなかった。

「すみません！　遅くなっちゃって！　氷です。氷室が遠かったものですから」

入ってきたのはセローだ。手桶に小さな氷の塊が入っている。

「ご苦労。革袋に入れて布を巻いてくれ。大きいのと小さいの、二つな」

「はい」

セローはてきぱきと指示通りに氷を割り、水が染み出さないように革と布で巻いた。

「あの……氷って高いんじゃ……」

ニーケがおずおずと言い出す。季節はすでに秋に移っているが、氷が張るにはまだ遠い。

この季節の氷は貴重品だ。

リザは、はっと顔を上げてニーケを見た。自分はそんなことも知らないのだ。

「気にしなくていい。さぁ、氷をあてておこう。冷たくなりすぎたら、いったん離して、また当てなおせばいい」

セローはニーケの足に、エルランドはリザの膝に器用に氷の袋を巻き付けた。

氷を押し当てられているのに、どうしてこんなに体が熱いのだろうか？

「明日は少し楽になっていると思う」

「あ、ありがとうございます。主従ともどもご親切に感謝いたします。もう大丈夫です。騎士様方も休んでくださいませ」

ニーケは丁寧に礼を言い、リザも深く頭を下げた。こうすれば礼儀にも反しないし、顔を見られずにすむからだ。

「ではゆっくり休んでいなさい。後で宿の者に軽い食事を運ばせる」

エルランドが出て行き、扉が静かに閉ざされた。小さな部屋を一瞬の静寂が満たす。

リザは崩れるように、床にへたり込んだ。

「リザ様！」

「……大丈夫よ、ニーケ」

大丈夫。今夜何度その言葉を言っただろうか？　しかし本当は、少しも大丈夫ではなかった。迷子の小鳥のようにくたくただった。

体も疲れていたが、心はもっと疲弊している。エリツがエルランドだと気がついてからは、ずっと緊張のしどおしだったのだ。

五年の間に彼の容貌は少し変わっていた。

記憶にあるよりも伸びた鉄色の髪、削げた頬、一層逞しくなった体つき。

初めての夜にリザを抱え上げた腕が、同じようにリザを馬に乗せ、後ろから包み込み、足に触れた。彼の手当てで、膝の痛みはすっかり治まっている。

そう、リザはよく覚えていた。あの手を。

大きな寝台の上で、リザの肩を抱いて頭を撫でてくれた大きな手。わけのわからない結婚式の一日で緊張しどおしだったが、その手に安心してリザは眠ることができたのだ。

勇気がなくて顔はよく見られなかったが、よく光る金緑の瞳は、思い出の中の人とまったく同じだった。

そしてあの声。

労るような、宥めるような、低くて深い声。耳から入って頭をしびれさせてしまう。

長く聞いていてはいけない、とリザは思った。

しかし、声の持ち主はまだリザの夫なのだろうか？　それとも、もはや他人になってしまったのだろうか？

心の内を吐き出したい。しかし、こんな状態のニーケに話すわけにはいかなかった。

──私……私は、どうすればいいの？

彼が出て行った扉を睨みつけても、答えは出ない。

ただひとつわかっていることは、エリツと偽名を名乗るエルランドに、捨てられた妻が自分だと、絶対に気づかれてはならないということだった。

「そんなにあの二人が気になりますか？　エルランド様」

セローは、夕飯を前に考え込んでいるエルランドに話しかけた。

宿の一階にある大きな食堂は、遅い時刻が幸いし、彼ら五人だけだ。好きなように話ができる。

「……いや、そういうことではないが」

「明らかに訳ありでしたもんね、あの二人」

セローはにやりと笑って言った。

「お前はどう見る？」

「あんまり世間慣れしてないようだから、ま、どっかのお屋敷から逃げてきた、お嬢様というところでしょうか？　貴族ではなさそうだから、商人というところかな？」

「足首を痛めた娘のことか？」

「違いますか？　いわゆる駆け落ちってやつかと思ったのですが。あの坊やにしろ、なんだか二人とも妙に浮世離れしていると思いませんか？」

「……」

エルランドは、否定も肯定もせずに考え込んだ。

ニケと呼ばれたあの娘は、従者の少年ばかりを気にしていた。少年も女主人に絶えず視線を送っていた。

だからと言って、二人は恋愛関係にあるのかというと、そんな雰囲気は感じられなかったのだ。

「あの少年……リオと言ったか……最後まで帽子を取らなかった。傷があると言っていたのでそれ以上は尋ねなかったが」

「まぁ駆け落ちだったら、顔を隠したがるのも仕方ないとは思うのですが」

「それならむしろ、娘の方が顔を隠すだろう」

「そういえばそうか」

長身のランディーが、髭面のザンサスと顔を見合わせる。

「それに馬に乗せてやると言えば、主が怪我をしているのだから、普通は応じるものだろう。しかし、あの少年は申し出を断った。明らかに疲弊しきっていたのに」

エルランドは誰に言うともなく呟いた。

馬に乗せるために体を引っ張り上げた時、少年のあまりの軽さと手首の細さに驚いた。

主人である娘の方が、体格がいいくらいだったのだ。

そのこと自体は不思議ではない。少年の方が年下なのだろうと思う。

しかし、あの足。

傷を見てやろうとズボンの裾をたくし上げた時、見えたそれは。

真っ白くて、すべすべで。いくら少年とはいえ、あんなに綺麗な足をしているものだろうか？　擦りむいた膝から、真っ赤な血が一筋白い脛を滑り落ちる様は、なんとも言えない艶めかしさがあった。

――まぁ、俺は子どもの頃から戦場育ちで、いい屋敷に勤める子どもの肌など、見たこともないからな、あんなものかもしれん。

そうは思いつつも何か割り切れないものを感じ、エルランドは、少年の一挙手一投足を思い返した。

――帽子を取れない事情とはなんだ？　顔に傷があると言っていたが、本当か？

服装からすると労働者階級だろうが、その体つきはあまりに繊細だった。足首を固定させる布の巻き方を教えようと、エルランドが背後から手を伸ばした時、彼は明らかに戸惑っていたのだ。

――彼ら……いや、彼はいったいどういう存在なんだ。訳ありならば、当然なのかもしれないが、少年――リオは、はっきりわかるほど、俺を避けていた。不自然なほど、自分を見ようとしなかったのだ。セローには普通に接していたのに。

――俺は……ひょっとして俺が、おかしいのか？　どうして、こんなにあの小僧っ子のことなんか気にしている。

「食べないのですか？　だったらその鴨、俺がいただきますけど」

無遠慮に皿を奪い取ろうとするセローの手をはたき落とし、エルランドは再び階段の上を見上げた。

「肉はやる。その代わり後でもう一度、二人の様子を見に行ってくれ」

「承知いたしました！」

セローは気軽に受け合い、エルランドからもらった鴨肉にかぶりついた。

◆

「こんばんは。入ってもいいですか？」

遠慮がちなノックの後にセローの声がする。リザはニーケに頷きかけ、帽子を被ってから扉を薄く開けた。

「お休みのところすみません。エリツ様から様子を見てくるように言われて参りました」

リザはしばらく考えていたが、意を決して彼を中に入れることに決めた。

「どうぞ」

「失礼します。遅くに申し訳ありません」

時刻は九時を過ぎたところだ。リザもニーケも着替えをすませ、もらった水で体を拭いてさっぱりしている。

「あ、お食事食べられたのですね。よかった」

セローは、空になった皿が置かれたテーブルを見て言った。

「どうぞお座りください」

椅子は二つある。ニーケは寝台に横になっているので、リザとセローは、小さなテーブルに向かい合って座った。

「お嬢さんの具合はどうですか？」

「かなり良くなりました。いただいたお薬と氷のおかげです。これなら明日は出発できそうです。ありがとうございました」

「ああ、それは多分無理ですよ」

「え⁉　どうしてですか？」

「捻挫ってのは、結構厄介なんです。それにお嬢さんのはかなり重傷だ。今は薬で痛みがひいているだけで、無理に動かすと長引きますし、後々障りとなるおそれもあります。悪いことは言いません。二、三日ここでゆっくりするのが良いかと」

「そんな！」

「都合が悪いのですか？」

二人の悲痛な顔つきに、セローは驚いた風を装って尋ねた。

「お金が……」

リザはとっさに嘘をついた。

しかし実際に、路銀は昔エルランドがくれた金貨の最後の一枚と、市場で花を売った儲けしかないのだから、まったくの嘘ではない。金貨は最後のよりどころだったから、おいそれと使うわけにはいかないのだ。

「あなた方はこれから王都に向かうのでしょう？　だったら、俺たちと一緒に行きませんか？　そうすれば馬に乗せてあげられるし、用心棒にもなりますよ。あなた方二人だけではとても心許ない。我が主も気にかけていました」

「いえ、私たちは王都には参りません。お嬢様のご親戚の家に行く途中なのです」

リザは用心深く言った。

「失礼ですが、そのお宅はどちらに？」

「ここから東へ、半日くらい歩いたハーリという村です」

答えたのはニーケだ。

「それなら、俺たちが帰るまでこちらに逗留なさっては？　俺たちは明朝、王都に向かいますが、そんなに大した用事でもないので、二、三日で戻れると思うのです」

「……二、三日？　大した用事ではない？」

リザは鋭く聞き返した。

「ええ、王宮に書類を一枚提出するだけの簡単な案件なんです。一日王都を見物して土産でも買ったらすぐに戻ります」

セローは軽い調子で説明したが、それがリザにどんな作用をもたらしたのか、彼は知る由もない。

リザは帽子の下で顔色を無くしていた。リザの心を打ち砕いた出来事は、エルランドにとって「簡単な案件」なのだ。

「それは……エリッツ様のご用事ですよね？」

「ええ」

「あの、大変失礼なのですが、どんなご用事か伺ってもいいですか？　いえ、僕は王宮に知り合いがいるので気になって……ほら、王宮って、人を待たせるのが好きですし……」

どうしてそんなことを聞く気になったのかわからない。しかし、その時のリザは下手な嘘をついてまでも、エルランドの目的を確かめたかったのだ。

「ああ、主は何年も会っていない奥方様と、ようやく決別されるそうなんです。俗にいう離縁ですね！」

セローは世間話をするように笑って言った。その柔らかな視線がリザを掠める。

「おっと、俺がこんなこと言ったのは、内緒にしてくださいね。もっとも、王宮から使者

が来たんで国元じゃあ、みんなが知ってることですけど。じゃあ、おやすみなさい」

礼儀正しくお辞儀をしてセローは出ていく。

「……」

リザは椅子に座っていてよかったと思った。立っていたら、きっと倒れてしまっていただろう。

──簡単な案件……何年も会っていない奥方と決別……。

──りえん……離縁！

セローの言葉がリザの頭の中で反響する。

「リザ様……もしかしてあの方は……リザ様の夫様ですよね？」

しばらくしてからニーケは、声を潜めて尋ねた。

彼女はかつて、リザを離宮に送ってくれたエルランドを見たことがあるのだ。

怪我の痛みで最初はわからなかったが、手当てをしてくれた時に見た顔と、ただ事ではないリザの様子でニーケは全てを察してしまった。

「……ええ、そう。あの人は私の夫」

リザはニーケに顔を見られないように、後ろを向きながら立ち上がる。

「やっぱり！　いったいどうしたら」

「ふふふ……なんて偶然かしらね！　五年前に一度会って捨てられて、もうすぐ離縁される人と、こんなところで出会ってしまうなんて！」

リザは努めて明るく言った。

「偶然？　運命では……」

「ニーケ。その話は今、したくないわ。あなたも疲れているだろうから、今夜はもう寝ましょう」

そう言って、リザは向かい側の寝台に潜り込んだ。

「リザ様……」

「私は大丈夫よ。今さら失うものなんてないわ。さ、ランプを消すわよ」

リザはランプの灯を絞った。部屋はすぐに暗くなるが、扉の隙間から階下の灯りが漏れてきている。

絶対に眠れないのがわかっていたので、リザは階下の物音に耳を澄ました。しかし、何も聞こえてはこない。

ニーケもしばらくは起きていたようだったが、今は寝息が深くなっている。彼女も疲れているのだ。なんと言っても、一日でこんなに歩いたのは二人とも初めてだった。

そして深更。

重い靴音が階段を上る音が聞こえてきた。靴音は複数で、ひそひそ声で話しながら部屋の前を通り過ぎたが、そのうちのひとつだけが引き返し、扉の前で止まる。

「……？」

リザは息を殺して扉の外の気配を探った。だが、扉が開くことはない。

たっぷり呼吸五つ分の間が過ぎた後、足音はゆっくりと廊下の奥へと消えて行く。

なぜだかリザには、それがエルランドだという確信があった。

三章　やさしくしないで

結局、あれからリザは眠ってしまったらしい。

翌朝、リザが支度をすませて階下に下りていくと、食堂は朝食を取る泊まり客でごった返していた。昨夜は気がつかなかったが、こんなにたくさんの人がいたのだ。

王都に向かう人、王都から来る人、どちらも食事を終えた者から次々に出発していく。

エルランドたちの姿はここにはない。

リザはほっとしたような、苦しくなるような心を隠しながら、食事を頼むために食堂へ続く階段を下りていると、正面にある入り口が開いてセローが現れた。

リザを目ざとく見つけたセローは、にこにこして踊り場まで上ってくる。手には桶を持っていた。

「おはよう、リオ」

「お……おはようございます。あの……皆さんは王都に出発されたのでは？」

確か昨夜、セローは翌朝出立すると言っていたはずだ。どうしてまだここにいるのだろうか？

「ああ、それがね。エリツ様がお二人をとても心配されて。今朝になって、もう一日ここに逗留（とうりゅう）することにしたんだよ」

「え!?」

――どうして!?　王都で兄上に離縁（りえん）の申請（しんせい）をするんじゃなかったの？

リザは驚愕（きょうがく）のあまり、セローに見つめられていることに気がつかない。

「ところでリオ。お嬢（じょう）さんの具合はどうだい？」

「いえあの……お嬢様は、もう起きておられます」

リザは驚（おどろ）きをなんとか抑（おさ）えこんで答えた。

「じゃあ朝ごはんだね。俺が二人分頼んでくるから、この桶を持って行ってくれるかな？　もう一度、足首を冷やした方がいい」

「あの、エ……皆様（みなさま）方は？」

リザは手桶を受け取りながら尋ねた。手が震（ふる）えないようにするので精一杯（せいいっぱい）だった。

「ああ、みんなは村の外で朝の鍛錬（たんれん）をしているよ。毎朝のことなんだ。俺はエリツ様に言われて、早めに戻（もど）った。じゃ後で」

セローは軽快に階段を下りて行く。リザが急いで部屋に戻ると、ニーケもすでに起き出していた。

「ニーケ！　あの人たち、まだいるわ！」

「ええっ！　今朝、王都に向かうのじゃなかったんですか？」

「それがどういうわけか、一日延ばしたんですって！」

「どういうことでしょうか？　何か良くないことでも？」

「わからない。でもしばらく部屋にいましょう。きっとあの人が来るわ」

桶には水がたっぷりあったので、手巾を湿らせて顔を拭うようにニーケに渡し、自分も体裁を整えた。それからニーケの包帯を解き、残りの水に足首を浸す。

湿布を剝がすと、腫れは昨日よりやや引いていたが、とても靴を履けるような状態ではない。

「まだ痛そうね。今日の出発は諦めましょう」

リザは観念したように言った。

「失礼します」

その時、扉が開いて盆を持ったセローが入ってきた。

「朝ごはんをお持ちしました」

「ありがとうございます……あの、私のためにご迷惑をかけてしまって……もうだいぶ痛みも引きましたので、お気をつかわれずともよろしいのですよ」

リザの気持ちを知るニーケは、暗に早く出立するように促した。しかし、セローは屈託なく笑う。

「ああ、いいんです。東方から結構飛ばしてきたので、馬も少し休ませてやりたいし、ここは王都にも近いから、休息するにはいい場所なんですよ。ま、そんなに難しい用事でもないらしいのですが、やっぱり王宮に行くのは気をつかうんで。俺たちも一日ゆっくりします」

テーブルに皿を並べながらセローが説明する。どうやら話好きの青年のようだ。

「む……難しい用事じゃ……ない」

リザの声が震えた。

「あの……どうして私たちに、そこまでしていただけるのですか？」

尋ねたのはニーケだ。

「さぁ。俺にはよくわからないです。でも、うちのお館様……エリッ様には、なんだか不可解なところがあって、いつもは大抵淡白なくせに、たまに何かに非常にこだわる時があるんです。だから俺たちはそういう時、黙って従うことにしています」

「セロー様たちは東からこられたのですよね？」

「ええ、お嬢さん。東も東、この国の東のどん詰まり。イストラーダって、ど田舎からやってきたんですよ」

「……イストラーダ」

リザは口の中で呟いた。

『そこは今まで誰も欲しがらなかった土地で、非常に貧しく危険な土地だ』

──だから私を連れていけないと、あの方は言ったわ。

「はい！　朝ごはんの仕度できました。どうぞ召し上がれ」

リザが考え込んでいる間に、具合よく朝食が用意されていた。

いつの間にかテーブルが寝台に寄せられている。ニーケに歩かずに食事させようという配慮なのだろう。

昨日から感じていたが、この青年は、何かとよく気が利く性質のようだ。

「食べ終わったら言ってください。もう一度湿布を用意しますから」

そう言うと、セローは機嫌良さそうに出て行った。

「……とにかく朝ごはんを食べましょう、ニーケ。とってもお腹が空いたわ」

「そうですわね」

多くの疑惑を抱えながらも、二人の娘たちは、湯気のたつ粥を黙々と食べ始めた。

──あの人にとっては離縁を早めようが、一日引き延ばそうが、大したことではないんだわ。

所詮、形だけで結ばれた婚姻だ。別に何も失うものはないはずだと、リザは昨夜から何度も自分に言い聞かせている。

「男の人なんて、勝手なものですね。勝手に奥様をすげ替えたり、放り出したりできるんですもの」

「放り出されるも何も、一度会っただけだし、お互い愛着なんかないわよ。それにもし、兄上……国王陛下に命じられたのだとしたら、臣下なら従うしかないでしょう」

リザはなぜか、エルランドを庇う言い方になっている。

いや、それは庇っているのではなかった。特に悲観しているわけでもないと言いつつ、自分の傷をごまかしているのだ。

「それに、どうせ私たちは逃げてきた身だわ。最初の予定通り、とりあえずニーケの大叔母様のところにご厄介になりましょう。今日一日なんとかごまかして、明日あの人たちが出立したら、私たちも急いでここを発たなければ」

ごまかす。

──昨日からごまかしてばかり、嘘ばかりだ。私もエルランド様も偽名を名乗り、お互いの身分や目的を隠している。

──やはり私たちは、ここで出会うべきではなかったのだわ。

リザは小さな拳を握りしめた。

「そうですね。それに人相書きのこともありますし。私、なんとか明日は出発できるように頑張ります」

「頑張るんじゃなくて休みます、でしょ？　一日しかあげられなくて申し訳ないけど、今日だけはセローさんの言った通り、ゆっくり養生してね」

リザは西の窓に目を凝らした。たくさんの人が王都への道を行き来している。

明日はエルランドもその道を行くのだろう。そして、それが彼の姿を見る最後となるはずだった。

「失礼する」

硬いノックの音とともに入ってきたのは、リザの予想通り、セローではなくエルランドだった。手には新しい布を持っている。

「具合はいかがかな?」

エルランドがニーケとリザの両方に尋ねた。

「おかげさまでだいぶ痛みが引きました。リオも元気ですわ。明日は出発できそうです」

ニーケがはきはきと答える。エルランドの目はうつむき加減のリザに据えられた。

「そうか。大事にならずによかったな」

「お気づかいありがとうございます」

リザは昨日教えてもらった通り、新しい布に薬を塗り付け、ニーケの足に巻き付けた。

今度はエルランドも手伝おうとはせず、黙ってリザの手元を見ている。

「うまくなったじゃないか」

「あ……ありがとうございます。あなた様に教えていただいたおかげです」

背を向けたままのリザは、できるだけ丁寧に礼を言って頭を下げる。

「セロー」

呼ばれてセローがすぐに入ってくる。

「朝食を片付けるように」

「はい」

「あと、お嬢さんの相手をしていてくれ。女手がいるなら女将さんに言えばいい。話はつけてある」

「かしこまりました。お館様はどうなさいます？」

「俺は……そうだな。ちょっとこの坊やと散歩でもするか」

「え？」

リザは思わず顔を上げた。

「リオ、膝の具合はどうだ？」

「へいきです。痛みもありません」

「なら少し付き合ってくれないか」

リザの返事も待たず、エルランドはリザの腕をとって宿の外に連れ出す。

そこは町の東の古い広場で、風がよく通る明るい場所だった。はずれにあるので人通りもない。水の出ない噴水には秋の野草が茂り、花がたくさん咲いている。

使われていない倉庫やベンチが、朽ちる寸前で放置されているが、どこか趣があり、懐かしいリザの離宮を想起させた。たった一日しか経っていないのに、ずいぶん前のことのように思える。

「いいところだな、ここは」

やっと腕を放してエルランドが振り向く。

「な、なんでしょうか？　僕になにかご用ですか？」

リザは帽子を深く被りなおしながら尋ねた。助けてもらったのだから、失礼な態度をとってはいけないとは思いつつ、彼のもの問いたげな深い瞳から早く逃れないと、いろいろとまずいような気がして、心が落ち着かない。

変な態度をとっては怪しまれてしまうわ。それでなくても、手配書があちこちに貼ってあるのに。なるべく自然な態度でふるまわなくては……。

「いや。一日中お嬢様の世話では、君もしんどいと思ってな」

「しんどくないです。今までずっと一緒でしたし」

「ニケ殿はいいご主人のようだな」

「ええ、その通りです。あんなにいい人はほかにいません」

リザはこの時とばかり、はっきり言った。少しでもいい印象を持ってほしかったのだ。

「そうか……よい主人を持つことは幸運だな。大切にするといい。君よりも少し年齢が上かな？」

エルランドはまじめな顔で頷く。

「はい。僕より二つ上の二十一歳です」

「へぇ……若いな」

リザはなんとなく、自分のことを言われているような気になった。

「で、でも、凄くしっかりしておられて、そしてお優しくて、僕はいつも助けてもらっているのです。だから早く戻らないと」

「まぁ、そう言うな。セローがいるし。俺も気分転換したかった。少し話し相手になってくれないか」

「……はなしあいて？」

少年の振りをした自分と、偽名を名乗る騎士の話とは？　リザは少しおかしくなった。

「こんなことを聞いて申し訳ないが、リオの顔にあるという傷はひどいのか？」

エルランドはリザの帽子を見て尋ねた。

「……どうしてそんなことを聞くのですか？」

「いや、なんとなく思ったのだが、俺はリオの顔を一度も見てないから。いや、言いたくなければ、言わなくていいが」

「ええ、誰も見たがらない……ひどい傷がある……のです。見られるのは、とても……とても辛いです。だから僕を見ないでください」

「どうしてそんな傷を……？　いや、言いたくなければ、言わなくていい」

「言いたくありません。ごめんなさい」

　リザはますますうつむいてしまった。実はあなたが原因ですとは、さすがに言えない。

「そうか……すまなかった。なぜだか気にかかってな。確か、君たちは王都から来たと言っていたな。今の都の様子はどんな感じかな？」

　エルランドは話題を変えた。

「え？　普通です。市場はにぎわっています」

　急に話題が変わったことに、リザは戸惑いながらも、ほっと肩の力を抜いた。自分ができる話になったからだ。

　その様子をエルランドが見つめている。

「市場に行ったことがあるのか？」

「ええ。少しですがお店を手伝いました。市場は楽しくて好きです」

　身長差があるのでよく見えないが、エルランドには帽子の下から見える唇が、ほんの少し緩んでいるのがわかった。少年の素直な気持ちなのだろう。

「へぇ。なんの店かな？」

「お花屋さんです」

「花か、いいな。商品は売れていたか？」

「そうですね、結構売れたのではないでしょうか？」

リザは用心深く言った。真上から強い視線を感じる。

――どうしてこの人は、私を放っておいてくれないの？　見ないでって言ってるのに。

「市場はいいよな。市井の人たちと交わるのは好きだ。彼らにはささやかな欲があって、街を活気づけてくれる」

「イストラーダというところにも市場はあるのですか？」

「ああ、あるよ」

リザの問いかけに、エルランドは嬉しそうに言った。

「最初は物のなかった市場も、年々品物が増えてにぎわうようになってな。人々は貧しいがよく働き、活気が満ちるようになっている。大地は表情豊かで、なにより空がここよりずっと広くて青い」

エルランドは東の空を見上げている。

「空が青いのは普通では？」

「それが違うんだ。イストラーダでは空の色がここよりずっと美しい。冬の早朝など、驚くほど透明な藍色で……そうだ、イストラーダは美しいところだ」

なぜかエルランドは懐かしそうな声になっている。

きっと領地を思い浮かべているのだろう、とリザは思った。

「あなた様は、ご自分の領地がとてもお好きなのですね」

「ああ、好きだ。好きになった。だから、この案件に早く決着をつけなくてはならない。だが俺は、王都……と、いうか、王宮があまり好きではない。いや、むしろ嫌いだ。あそこは陰気なところだから」

エルランドはリザの心中など、気づかないように呟いた。

リザは視線を落としているので彼の顔は見えない。王宮についてはリザも同じ気持ちだった。しかし、リザはイストラーダを知らない。だから彼が語る言葉がわからないのだ。

リザは今彼が、どんな表情をしているのか知りたいと思った。だが、顔を上げるわけにはいかなかった。

「……だが、行かねばならない。王都でやり残したことを成し遂げるために」

「都……王宮で、どなたかに会うのですか？」

リザは思い切って尋ねる。

「そうなるか」

「その人に会いたくないのですか？」

「そうだな、あまり会いたくないな。正直、かなり気が重い」

エルランドは、人を見下すヴェセル王の美しい顔を思い浮かべて言った。

「会いたく……ない。気が重い……」

「どうかしたか？」

少年の声の調子が変わったことに気がついて、エルランドが尋ねた。

リザは動けない。自分の拳が震えていることがわかるが、長めの袖のせいで彼からは見えないのが救いだった。

「リオ？」

「い……いいえ。なんでも」

リザは帽子の下で低く答える。

氷の矢によって心臓が射貫かれ、硬く凍りついたようだった。冷たい汗が全身から噴き出す。

崩れてしまいそうな足を支えたのは、なけなしの矜持だった。

「難しいものだな。法律……制度というものは。会いたい人に会うために、会いたくない人にも会わなくてはならない。けじめの段取り。けじめの段取りがあるのだ」

「あ……会いたい、ひと。けじめの段取り……」

「ああ、心ならずも残してきてしまった、イストラーダの空の瞳をもつ、心優しい貴婦人に会うために」

エルランドは、もうすぐ昇り詰める陽の光を見上げる。東の方へと。

それはリザに、彼が自分の領地に愛しい人を残してきたと思わせるのに、十分な言葉と仕草だった。

リザは、自分の瞳が美しいと思ったことはないし、自分を「貴婦人」だと認識したこともない。そもそもずっと、真っ黒なカラス娘だと詰られてきたのだ。

エルランドが語る人が誰のことだかは知らないが、その人と結ばれるためにけじめの段取り——つまり、離縁届に署名するために王宮に行くことは理解できた。

そして書類に署名すると離縁が成立する。リザの意思など無視だろうから、代筆で十分だ。そうして自分は完全に、エルランドから捨てられてしまうのだ。

「なんでそんなこと……を、僕に言うのですか?」

聞いても仕方のないことだとわかっている。わかりすぎるほどだ。

しかし、リザは問わずにはいられなかった。

「そうだな、すまない……ただ少しリオと話がしたかっただけだ。自分の気持ちに整理をつけたかったのかもしれない。家臣にはこんなことは言えないが、リオにはなぜか聞いてもらいたかった」

あの夜、リザと呼んだ声が、自分の偽名を呼ぶ。

リオ、と偽りの名を。

「イストラーダの空のような……目の人がいるのですか?」

「ああ。信じられないことに、いるんだよ。普段はそうは見えないけれど、あんな色は見たことがない」

「……その人のこと、好きなのですか？」

「ああ。好きだ。ずっと大切にしたいと思っていたのに、自分の都合で今までできなかった」

——ああ……そうか。

リザは鉛を飲み込んだような気持ちで考えた。

——エルランド様は、その人と結ばれたいために、邪魔な私を切り捨てようと考えている。こんな結婚でも、王の御前で結ばれた婚姻なのだから、離縁するには兄上の許可が必要なのね。

——そして兄上は私を、王家に益をもたらすだろう有力貴族の、シュラーク公爵と、結婚させたいはずだから、二つ返事で了承するはず。二人とも、めでたしめでたしって、大喜びだわ。どのみち私は利用されただけ。されるだけ。

「リオ？　どうかしたか？　震えている、寒いのか？」

「いいえ。寒くないですし、どうもしません。僕はいつもの僕です。変わりはないです」

エルランドの問いかけに、リザは平坦な声で答えるのが精一杯だった。

——どこにいたっていつも同じ。要らなくなったら捨てられる。

——別に今さら悲しむことじゃないわ。見捨てられるなんて、いつものことだもの。私、逃げてよかったのよ！　二人とも驚くがいいわ！

リザは無理やり笑おうとした。けれど、笑えない。必死で見つめている地面がみるみる滲んでいく。

——だめよリザ！　こんなところで泣いては。

——エルランド様に涙を見られてはならない。絶対に！

「リオ」

「まだ……何か？」

「リオたちは本当は行くところがないのだろう？　そんなことくらいわかる。もしよかったら、俺たちと一緒にイストラーダに行かないか？　決して悪いようにはしない。俺が王都から戻ったら……」

「ごめんなさい……僕、お嬢様のことが心配なので部屋に戻ります。失礼！」

もう耐えられない。リザは短く言い捨てると踵を返した。

「リオ！」

——私はそんな名前じゃない！

リザはエルランドの声を背中に聞きながら懸命に走る。

彼は追ってはこなかった。

——こんな話、重かっただけか？

——そもそもなんで俺は、あの少年にこんな話をしたんだろう？

エルランドは走り去る少年の後ろ姿に思った。

思わず追いかけようと踏みだした足は、小さな背中の強い拒絶によって阻まれた。

——どうも俺は嫌われているようだ。そう言えば、一度も名を呼ばれなかった。もっとも道中用の偽名ではあるけれど。

大きめの服の中には華奢な体が入っている。昨日、娘の包帯を巻く体で、後ろから包み込んだ時、不思議に懐かしい感覚に満たされた。

守ってやりたい、笑ってほしい、諦めないでほしい。そして、慈しみたい。

それはかつて、彼の妻となった少女に抱いた気持ちだった。

——なぜ今、そんなことを思い出すのだろう？

——あの娘の二つ下なら、十九歳というところか？　あの姫と同じ……いや！

エルランドは気持ちを切り替えるため、声に出して言った。

「リザ、もうすぐだ。すぐにあなたに会いに行く。俺はあなたに会わねばならない」

――あなたはまだ、あの離宮にいるのだろうか？　今の状況では、更に厳重に監視されていることだろう。だから、俺が行くのだ。

――王宮でリザに会い、あの時、置き去りにするしかなかった自分への許しを乞い、たとえ許してもらえずとも、俺と共に行くか、それとも俺を切り捨てるか、選択する権利がリザにはある。

エルランドはようやく決心がついた。

――そうだ。儚げで世間知らずのリザと似た雰囲気を持つ少年リオに、思わず情が移ってしまい、一日出立が遅れたが、明日夜明け前に王都へ発とう。

――娘の足の様子では、まだ数日は動けまい。俺が役目を果たしてこの街に戻ってきた時、二人をどうするか考えたらいい。

まずは目の前のやるべきことから逃げてはいけないのだ。

エルランドは小さくなる背中を見つめながら、自分の使命への決意を新たにしていた。

リザは部屋に戻らなかった。

走るのは得意ではなかったが、足が止まらない。人通りの多い通りを避けて、宿屋の裏道を抜ける。

小さな露店の呼び込みを背中に聞きながら、たどり着いたのは、人家もまばらな町の北の壁際だった。広場ですらない空き地には誰もいないが、大きな欅の木があり、太い幹が彼女を隠してくれた。普段走ることのない体は、すぐに息が上がってしまう。

「あああああ！」

リザは太い幹を抱きしめた。荒々しく逞しい感触が肌を通して伝わる。

——好きだった、好きだったのだわ、私はあの方のことを！

ようやく認めることができた。リザは五年前のあの夜から、ずっとエルランドのことを想っていたのだ。

——なのに、エルランド様にはもう好きな方がいる。私みたいなカラス娘じゃない、綺麗な空色の瞳を持つご婦人が！

「なによ！　一緒になんか行けるわけがないでしょ！　王都から戻ったら、私たちはもう他人じゃない！　馬鹿！　嫌いよ！　みんな大嫌い！」

リザは唯一の防具である帽子をかなぐり捨て、罪もない欅の幹を拳で打った。

「っく……ううう、うああ〜〜、わああ！」

大きな木の根元に頽れ、リザは泣く。大声で泣くのは、覚えていないほど久しぶりだった。母が亡くなった時以来かもしれない。

ごつごつした欅の幹だが、樹皮はそれほど硬くない。リザの手を傷つけることはなく、受け入れてくれるようだった。

さやさやさや。

涼しい風が梢を揺らしていく。もう昼なのだろう。皆が心配すると思い、リザは顔を上げた。すでに涙は乾いている。背中に感じる欅の幹は、温かく頼もしかった。

「全ては言いなりにはならない」

リザは立ち上がった。心はもう決まっている。

一刻も早く、ここから立ち去らなければいけない。

四章　こわくはないから

「お気をつけて」

リザはすっかり旅装を整えたエルランド一行に頭を下げた。まだ夜明け前だが、彼らが出ていく気配を察して表へと出てきたのだ。

これで最後だ、そう思って。

「リオ、ここで待っているんだぞ。案件を片付けたらすぐに戻ってくる。きちんと話をして身の振り方を決めよう。絶対に迎えに来る。セローはすぐに戻すから、何かあったら何でも相談しなさい」

「はい」

リザは素直に頷いてみせた。

すでに決心してしまった彼女には、エルランドの言葉が空虚に聞こえる。

『必ず迎えに来る』

かつて、同じ言葉を言いながら果たせなかったこの男は、自分を信じてもらえるとでも思っているのだろうか？

「お嬢様によろしく。ゆっくり養生してくださいね」

「ええ」

ザンサスが言うのにも、リザは微笑んで頷くことができた。昨夜はほとんど眠っていないが、帽子のおかげで目の下の隈が見えないのが幸いだ。

「では行く！　しばし待て！」

エルランドの一声で男たちは一斉に騎乗し、あっという間に五騎は、街道の西へと見えなくなった。


「うーん、靴はとても入りそうにないわね。あの人たちが帰るまでに、少なくとも二日はかかるし、やっぱり明日まで待った方が……」

暗い室内で、ロウソクの灯りに照らされたニーケの足首は、まだかなり腫れている。

準備はすっかり整っていた。

エルランド一行が去った今、二人も宿を出ていこうとしている。

「いいえ！　リザ様、一度御決心されたことを止めるのは不吉です！　私なら大丈夫ですから！　ほら、こうして……」

ニーケはまだ動かせない足首に、ボロ布をぐるぐる巻き付けた。脛から下は包帯で固定されているから、これが靴の代わりである。

「でも、けっこう痛そうよ」

「昨日一日休ませていただいたので、よほどましになりました。昨夜取り替えた膏薬がまだ効いていますもの。ぐずぐずしていては、セローさんが戻って来ますわ。せっかく町はずれまでエルランド様を送りに出てくれているんですもの。帰って来ないうちに出発しなければ！　さぁリザ様、早く！」

ニーケは足を引きずりながらも、勇ましく部屋を出ていく。リザは慌ててその後を追った。階段をそろそろと下り、表の扉の閂を外す。

「申し訳ないけれど、外からは閉められないわ。泥棒が入ってこないことを祈るしかないわね」

「まだ、外は薄暗いですわ。灯りを持ってきてよかった」

それはセローが貸してくれたカンテラである。灯りを持ってきていなかった二人は、悪いこととは知りつつ、部屋から持ち出してきたのだ。

カンテラの代金は戸棚にそっと置いてきた。

——わかるといいけれど。

二人の宿代は前金で払ってあるとニーケから聞いている。

リザはエルランドの周到さを苦々しく思った。

「大丈夫ですよ、きっと」

足を痛めたニーケの方が腹を括ってしまったらしく、暗い街道を東へと進んでいく。冬にはまだ間があるというのに、夜明け前は冷え込んでいた。

「ニーケ！　無理をしないで。もう少しゆっくり行かないと、痛みがぶり返すわ」

「はい。でも、今が一番痛くないと思うんです。陽が昇るまでにできるだけ遠くに行かなければ」

「わかったわ。でも辛くなったら言ってね。村の人が起きだして荷馬車が通りかかってくれたら、助かるんだけど……」

しかし、そんな幸運はやってはこなかった。

明るくなってからは用心して、整備された街道から少し離れた旧街道を選んだのでなおさらだ。

本当は人通りの少ない旧街道を、若い二人連れがよろよろ歩いている方が、よほど目立つのだが、世間知らずの二人にはわからなかったのだ。

出発して一時間後にはニーケの足は徐々に痛みだし、道端で拾った棒切れを杖代わりにしてやっと歩いている状態になった。

街道脇の木陰で休憩をとりながら、ゆっくり進むのだが、ニーケがかなりの辛さを我慢していることが、額に浮いている汗からわかる。

——こんなことでエルランド様から逃げられるのかしら？

リザは初めて不安になって西の空を振り返った。

とうに陽は昇っている。

ここからニーケの大叔母の家のあるハーリ村まで、後まだかなりの距離がある。

馬車でも通りかからないかと目をこらすのだが、すれ違ったのはラガースの町の方角へと歩く村人風の男、ただ一人だけだった。

男の歩く速度に比べると、自分たちの足取りの覚束なさがひしひしと感じられる。この速さでは、日暮れまでに到着できるかも怪しいだろう。

「もしもし、大丈夫ですか？」

突然声をかけてきたのは、ついさっきすれ違った村人だった。

すれ違った時の彼は、目が合ったものの、急いでいる風だったので、二人は特に注意を払わなかったのだが、今の彼は、こころなしか余裕があるように見える。それに、声をかけられるまで気配が感じられなかった。

「どなたですか？」

「私はこの先の村の者ですが、どうもあなた方のご様子が気になって、引き返してきたのですよ。見れば、そちらのお嬢様は怪我をされているようですね」

男は人のよさそうな微笑みを浮かべて話しかけてくる。

「ええ、少し」

リザは用心して答えた。

「ああ、それはお困りでしょう。私はハーリ村の住人、ジャーニンという者です。この道の少し先に村共同の農具倉庫がありまして、そこには荷車があります。人力ですが、お嬢さんの一人くらいは乗せられますよ。よかったら私が村まで乗せていってあげましょう」

「本当ですか?」

「リオ。私ならいいのよ」

ニーケが目配せを送る。用心しろということだ。

「でも、このままじゃあ身動きができません」

リザの心はすでに決まっていた。ニーケの足のことも心配だが、セローに見つかる前にハーリ村までたどり着かねばと思ったのだ。

「お若い二人連れで用心されるのはわかりますが、ほら、私は何も持っていません。身ひとつです」

ジャーニンは空の袋(ふくろ)を大げさに振って笑った。それは人のよさそうな笑いに思えた。

「それではジャーニンさん、すみませんがお礼はいたしますから、その荷車をここまで持ってきてくださいませんか? 僕が引きます」

「いや、それよりも私が倉庫までおぶって行き、荷車に乗せてハーリ村まで連れて行ってあげましょう。その方が無駄(むだ)がない。私もちょうど村まで引き返す用事を思い出しましてね」

「でも、あなたはこの先のラガースの町までお急ぎだったのでは？」

「え？　ええ。ですが、ただの買い出しです。明日でもいいんですよ。さぁ、どうぞ。これでも力自慢なのですよ」

ジャーニンはニーケに背を向けてしゃがみこんだ。ここまでされては断りにくい。リザとニーケは目を見交わした。肩に荷袋を担いでいたが、中に何かが入っている様子はない。買い出しに行くという話は本当のようだ。

「じゃあ……お願いします」

ニーケはためらいながらジャーニンの背中に寄り掛かった。リザはニーケの持っていた棒を受け取った。何かあればこれを武器にすればいいと即座に心に決める。

辺りにはまだ人影はなかったが、一度だけ干し草を束ねている別の村人と目が合った。

男の話は本当で、程なく片流れの屋根の倉庫が見えた。古そうだが、想像していたものよりも大きい。高い方の屋根の軒下に干し草を高く積んだ束があった。

「ここですよ」

ジャーニンはそう言って扉を開け、先にリザを押し込んだ。

「おう、ジャーニン戻ったか？　早かったな。食い物は？」

暗い倉庫の中には大勢の男の気配がした。

「食い物より、もっといいものを持ってきたぜ。女だ。見目もいいガキもいる」

「……え？」

リザの背後で扉が閉められた。

「あ？　おい、ジャーニン！　そいつらはなんだ」

「足を痛めた娘っ子と、従者のガキだ。裏街道で拾った。二人とも可愛い顔だちをしてるから、高く売れるぜ」

ジャーニンは、どさりとニーケを落とした。

「きゃっ！」

「ニーケ！」

「あー、重かった。嬢ちゃん。でもいいケツだったぜ。ひひひ」

「あ、あなたたちは……」

ジャーニンの顔つきはもう人のいい村人のそれではなかった。顔は笑っているのに目には表情がなく、下卑た欲望で濁っている。

リザの心が真っ黒な不安に塗りつぶされていく。

「俺たちは東から来たのさ。大きな街で金を稼ぐためなんだが、あんたらの言葉で言うなら、まぁ、『ならず者』かな？　バルトロのお頭、こっちに来て見分してくれ！」

「どら」

倉庫の一番奥にいた男がゆらりと立ち上がる。

「こんな朝から裏街道を行くなんてな、よっぽど訳ありなんだろうが、ま、俺たちに出会っちまったのが運のツキだと思いな」

「……っ！」

リザは杖でジャーニンに殴りかかった。しかし、あっさり受けられ、突き飛ばされて、帽子が吹っ飛んだ。帽子の中にたくし込んでいた髪がリザの肩に滑り降りた。

「なかなか、威勢のいいガキだぜ。それに、へぇ、黒髪か、珍しいな」

言いながらジャーニンは、ニーケの杖をへし折る。

「僕たちをどうするつもりだ！」

少し目が慣れてきたので、リザは倉庫の中を見渡した。中は農機具置き場で存外広く、十人以上の男たちが座り込んでこちらを見ている。

いずれもぎらぎらした、ぞっとするような目つきだ。

「さぁて……王都にいくらでもある、もぐりの娼館にでも売るかな？」

バルトロと呼ばれた男がどんどん近づいてくる。四十手前の精悍な体つきの男だ。

「お嬢ちゃあん、いい体つきだなぁ。俺好みだぜ」

一番手前に寝そべっていた男が、ニーケのスカートを勢いよくまくり上げた。

「きゃあ！」

「おや、かわいそうに。足を怪我してるじゃないか。俺が手当てしてあげるよ」

寝そべった男がむき出しになったニーケの足を撫でさする。嫌悪と恐怖でニーケは声も出せない。

「お嬢様に触れるな！」

リザは男から勢いよくニーケを引き離した。が、背中に何かがぶつかる。

バルトロだった。

「おい、ガキの言うとおりだ。てめぇはどけ。最初の見分は俺がする」

バルトロがそう言うと、男は慌てて手を引く。

この男がこの一団を統率しているようだった。その男は髪が伸び、無精髭が生えているが、顔だちはそれほど悪くない。

「ふん、ジャーニン。お前にしては悪くない獲物だな」

リザとニーケをかわるがわる眺めたバルトロは、片方の唇を上げて笑った。

「今どんな気持ちだい？　なんなら少し騒いでみるかい？」

リザとニーケは黙ったまま手を取り合っている。

口を塞いだり、縛ったりしないのは、この時間の脇街道にはほとんど人が通らないし、絶対に逃げられないと思っているからだろうと、リザは考えた。

「バルトロのお頭！　お触りくらいいいだろう？　皆かなりご無沙汰なんですぜ。何なら

「小僧の方でもいい」

別の男が嘆願する。薄暗い倉庫の中に複数の欲望が渦巻く気配がした。

「黙ってろ。だが……確かに妙な二人連れだな……特にこっちのガキ」

毛深い指がリザの顎を摑む。

「リザ様！」

ニーケがリザとバルトロの間に割って入った。

「この方に下賤な手で触れないで！」

「下賤だって？　確かに俺は兵隊崩れの下賤だよ。だが……お前、なんて言った？　リザ様？　この方？　お嬢様の方が下僕をかばうのかよ。妙だな」

考え込んでいたバルトロが、はっとリザに目を向けた。

「あん？　そういえば、この面、どっかで見た気が……」

バルトロが上着のポケットに手を突っ込み、くしゃくしゃに丸めた紙を引っ張り出す。

「ああ！　これだ、これ！　ハーリの村の門に貼り付けてあったやつだ。賞金が出るっていうから覚えてたぜ。おい小僧、お前はこの絵の本人だろう？　あんまり似てねぇけど。国のお尋ね者だってわけかい？　可愛い顔してなんて野郎だ」

リザの目の前に突きつけられたのは、例の手配書だ。

「ふむ、これによると小僧でもない……ってことは、ご主人様と同じく、お前も女ってことかな？」

リザは必死に首を振り、男の視界から逃れようと身をよじった。

「いや違うな。なんでご主人様が下僕をかばうかよ。うん、そうだ。お前の方がご主人様なんだな。身分を隠すための男装というわけか。どら、確かめてみよう」

「や、やめ……！」

体を力いっぱい突っぱねるも、リザは無力だ。抵抗虚しくシャツの襟元に、指を掛けられてしまう。

その時、リザはバルトロという男が、エルランドによく似た緑の目を持っていることに気がついた。

――違う！　こんな色じゃない！　エルランド様の瞳は、春の苔のように、綺麗な金色だけど、こいつの目は飢えた狼だわ。

――この色は邪悪だ。悪い色だ！

きっと顔を上げたリザの瞳に、天井の穴から差し込む光が吸い込まれる。

「これはこれは珍しい目だ！　それにいい顔をするじゃないか。俺は気の強い娘っ子が好きなんだぜ」

バルトロはシャツの上からリザの腕を掴んだ。振りほどこうとしても、力が強くて動かせもしない。

「嫌よ！　嫌！　放して！」

「うん。細くて柔らかい。けど、まだ育ちきってねぇな。あと二年くらいしたら、もっといい女になるかな？」

「嫌！　触らないで！」

「へぇ、なかなか威勢がいいじゃないか。それに、ぱっと見じゃわからんが、綺麗な顔をしてるじゃねぇか」

　男の手がリザの髪に触れた。昔エルランドに同じことをされたが、それとはまったく違う、ひどく不愉快な感触だ。

「それに……ふーん、痩せっぽちなのに、妙な色気がありやがる。これは惜しいな……俺がもらうってのもありか？」

　バルトロの指が髪から首へと流れ、嫌な目つきで全身をとっくりと眺める。

　文字通り、視線で舐めまわされている感覚がリザを襲った。彼女は男の欲望にさらされたことのない無垢な娘だ。胃液がせりあがり、吐き気がこみ上げてくる。

「手配書には無傷で拘束とあるな。これはかなりの金のにおいがする。役人に突き出すだけじゃあ面白くねぇ。ちょっとこれは慎重に考えて、手はずを整えねぇと」

　バルトロは太い眉を寄せた。これからどうやって、金をむしり取るか考えるのだろう。

「馬鹿な役人から金をもらったら、護送途中でそいつらをぶち殺し、二人とも奪い返すかな？　これはちょっと作戦がいるな。おい、ジャーニン、二人を向こうの納屋に放り込んでおけ！」

「承知だ。お頭」

ジャーニンは嫌がる二人を倉庫の隅の扉へと引っ立てていく。

そこは農機具置き場ではなく、肥料の袋が積まれた小さな空間だった。

「うへぇ！　臭ぇ、臭ぇ！」

高く積まれた袋の中は肥料なのか、確かに臭かった。ならず者たちがここを使わなかった理由がわかる。

しかし、リザはかえってほっとした。彼らと一緒にいなくてすむからだ。

「ここでおとなしくしてな！」

ジャーニンはそう言って、二人を倉庫の中に乱暴に突き飛ばし、ばたんと扉を閉めた。閂を落とす音がする。

「ああ……」

力尽きたニーケは、へたり込んでリザを見上げた。その瞳は不安で大きく見開かれている。

「リザ様、どうしましょう？　私の足がこんなだったばかりに……申し訳ありません」

「ニーケのせいじゃないわ。私が不用心だった。あんな見ず知らずの男を信用したばっかりに……だけど、前向きに考えましょう」

リザはわざと明るく言った。

「とりあえず、ここならあの人たちの顔を見なくてすむし、ニーケだって少しは休める。あの人たちは、悪い人だから役人を騙すつもりなのよ。バルトロって男は、悪知恵の廻る人のようだから、きっと、失敗しないように手はずを整えている。この時間をうまく使うのよ」

――今頃きっとセローさんが、私たちがいないことに気がついて、捜し回っているわ。どうにかして私たちがここにいることを、知らせないと！

――エルランド様の従者に迷惑をかけたくはないけれど、今はどうこう言っている場合じゃない。

リザは狭い肥料置き場を見上げた。

狭い空間だが、天井が高いのは、この部屋が片流れの屋根の一角にあるからだろう。ジャーニンが言った通り独特の臭いに満ちているが、窓もないのに意外に明るい。上を見上げると、天井に明かり取りの窓が切ってあった。

――あそこなら袋を階段みたいに積み上げたら、もしかして手が届くかも……。

リザが試しに袋を持ってみると、力仕事などしたことのない腕でも、何とか持ち上げることができた。

天井はリザの背丈(せたけ)の二倍以上はある。積み上げている途中で崩れ落ちたり、男たちが入ってきたりする危険もあった。

──私にできるかしら……？

「リザ様……」

ニーケは床(ゆか)にへたり込みながら、不安そうにリザを見上げていた。その手は足首を無意識にさすっている。きっと痛いのだろう。

「大丈夫(だいじょうぶ)よ、大丈夫！」

──できる、できないの話じゃない。やるのよ、それしか助かる方法はない。やれる！　私しかできないことだ。

「……やろう。全(すべ)ては言いなりになんてならないわ！」

それはかつてエルランドに教えられ、今まで何度も心のよりどころとなった言葉。

リザは天窓を見上げた。

五章　それでも、もう一度

「はぁ！」

エルランドは、王都への道を急いでいた。

ラガースの町を発って以来、駆け通しだった。三人の護衛は必死でついてくるが、とても彼の愛馬、アスワドの優秀さと主の馬術には及ばない。

そもそも辺境一の戦士の彼に、護衛などいらない。しかし、王を訪問するのに随身もつけないわけにはいかなかった。

今や、エルランドも歴とした騎士で、辺境領主である。

道中、思いがけず助けてしまった二人——特に少年がずっと気にかかっていて、仕方がない。宿にセローを残してきたので、気が利く彼ならうまく計らうだろう。

今は、目の前の自分の問題に、ケリをつけなくてはいけないのだ。

五年前、彼が王家から拝領した極東の捨て地イストラーダは、深い森林、数箇所の湖と湿地、あとは荒地と山地ばかりの何もないところだった。

エルランドの家は、祖父の代に領地を失った。

代々のキーフェル家の領地は、比較的豊かな南の地方にあったのだが、ある時起きた南方国境の紛争で、ミッドラーン国が大敗を喫した時の指揮官が祖父だった。都からの援軍も補給もない悲惨な戦いの中で、王家に見捨てられた祖父は戦死した。

そして、キーフェル家の爵位と領地は取り上げられたのだ。

父は散々苦労して傭兵隊長となったが、祖父の領地を取り返すことなく亡くなり、エルランドも物心ついた時から武器を取って、父の仲間たちから戦い方を学んだ。

連戦連勝のキーフェル隊は、いつの間にか父の部隊を凌ぐ実力の傭兵隊となった。

そしてミッドラーン国王の命を受け、再び北上しようとしてきた南方民族を叩きのめしたのだ。

その対価として得た領地、イストラーダ。

この五年間、エルランドは必死に働いた。街道を整備し、痩せた土地でも育つ大型のヤギやシカを家畜として増やした。

三年前には、深い山中の谷間から優秀な燃料である、鉄樹の森が見つかった。

また、今まで誰も見向きもしなかった湿地帯で良質の粘土が掘り出されたため、イストラーダ中から職人を集め、陶器の製造もはじめている。

極東の捨て地イストラーダは、少しずつではあるが、貧しさから脱却しつつあるのだった。

エルランドはここ二年、東の州の中でも一番多くの金や物資を国に納めた。

新参の領主が急激に豊かになるのは、国にとってあまり好ましくないと知っている。

だからエルランドは、自分の城と仲間を養う以外は、ほぼ全ての富を領地と国のために捧げてきたのだ。

だが。

五年前、捨て地と共に彼に与えられた末の姫。あの日、薄暗い拝堂で垣間見た藍の瞳。

彼ははっきり覚えていた。

十四歳の王女リザは、弱々しく見えたし、実際にひどく怯えてもいた。

しかし、彼女はその場にいた兄王をはじめ、参列者の誰よりも達観していたのだ。

結婚式という茶番劇に。

普通ならば、哀れみしか感じないかわいそうな娘だ。

なのに、弱さの中に不思議な強さと魅力が備わった瞳に、エルランドは不覚にも男性として魅了されてしまったのだ。

熱い塊が心の奥からせりあがり、眠る彼女の唇に触れたことは、誰にも知られてはいけない秘密だった。

エルランドは領地に連れていけない娘に、迎えに行くと約束した。

リザは待っているとは言ったが、おそらくそんな約束など、初めから信じてはいなかったのだろう。彼女の望みは自分の名を呼ぶことだけだったのだから。

弱くて強く、無知なのに賢い娘。

翌朝、王女が住んでいるという離宮まで送った。

驚いたことに、そこは宮とは名ばかりの廃墟で、かろうじて一階が住めるくらいのひどいところだった。

押しつけられたとはいえ、こんなところに妻となった娘を置いていくのかと、自己嫌悪に苛まれながら、エルランドは王宮を後にしたのだ。

エルランドは約束通り、年に数回手紙を書き、好きなものを買うようにと、働いて得た金を送った。

しかし、リザから返事が送られてくることは一度もなかった。

金はどこかで着服されているのかもしれないとは思ったが、体調や気候を尋ねるだけの罪のない手紙にも返事はなかったのだ。使者を送ろうかとも考えたが、あの王や侍従が、面会を許可すると思えなかった。

それなら自ら会いに行こうかと、実行に移そうとしたことはあったが、その度に、盗賊の集団が街道に出没したり、洪水が起きたりして、エルランドがイストラーダを離れることはできなかった。

気がつけば、あの夢のような一夜から五年が経っていた。

そこへ、王からの手紙が届いたのだ。

『イストラーダ領主、エルランド・ヴァン・キーフェルは、ミッドラーン第四王女リザを長きにわたり放置している。ここに国王ヴェセル三世は、愛する妹を冷酷なる夫から解き放つため、この婚姻を無効とする。ついては同封した離縁届に署名をし、この書状を届けた使者に託して返されたし』

手紙にはそう記されていた。

──ふざけるな、畜生め！

エルランドは読むや否や、王からの書状を破り捨てたくなる気持ちを、非常な努力で堪えた。しかし、ふざけているのは王ばかりではない。自分とて同罪なのだ。

「直ちに王都に向かう！」

その日のうちに、エルランドはイストラーダを発った。

酔いつぶれさせた使者が目を覚ました時、彼はすでに一日以上の行程を進んでいた。道中は使い慣れた偽名を使用し、自分の不在を隠してひたすら馬を駆った。

それは一番厳しかった戦場と同じくらいの勢いだった。

途中、怪我をした娘と少年を拾ったのは偶然だ。それなのに、なぜか昨夜から彼の心はひどく乱れている。特に少年、リオの持つ雰囲気は、幾度あり得ないと打ち消しても、彼の幼い妻と重なってしまう。

――急げ！　急げ！　俺は絶対に確かめなくてはならない！

再び、彼は馬を駆る。

街道を行く人々は、黒い騎馬の疾走に慌てて道を譲った。やがて道幅が広がり、町が大きく建物が立派になる。王都ミッドラスはすぐそこだ。

そこに彼の妻、リザがいる。いるはずなのだ。

「全て言いなりになると思うな！」

エルランドは見えてきた王宮の尖塔に向かって怒鳴った。

そして王都。王宮の正面ホールにほど近い一室に、彼はいた。

エルランドは、謁見の許可が下りるのを今か今かと待っている。もう昼に近いだろう。

――離縁の返事を急いでおいたくせに、まさか俺が直々に乗り込んでくるとは思わなかったか。小心王めが！

部屋から出ることも許されず、随身の三人の騎士たちは、廊下の気配を探っていたが、何も得られるものはなかった。

窓から見える美しい庭園だけが、気を紛らわせる唯一のものだ。

しかし、正確に左右対称で、人工的に構築されたその庭を、エルランドは好きになれなかった。荒々しくも広大な、イストラーダの風景を見慣れているからかもしれない。

「いったい、いつまで待たせる気だ！」

ついにエルランドが怒鳴った時、ようやく扉を叩く音が聞こえた。

現れたのはメノム筆頭侍従だ。

「お待たせしました。キーフェル様、ようやく陛下のお時間が取れましたので、今から第三謁見室にご案内いたします。申し訳ございません。従者の方々は、ここでお待ちを。後ほど軽食をお持ちいたします」

態度こそ慇懃だが、眼鏡の奥の目はこちらを見下げている。

「エルランド様！」

「大丈夫だ。お前たちはここで」

懸念の色を示す騎士たちにエルランドは頷き返し、メノムに強い視線を送る。

「では行く。案内せよ」

「は、はい。ではこちらへ」

エルランドは広く豪華な廊下を進んだ。

謁見の間には武器を持ち込めない。入り口で大剣を預け、簡単な身体検査を受けてエルランドは室内に入った。ここでも王が現れるまで待たなくてはいけない。

エルランドはおとなしく片膝をついた。

「御成(おな)りでございます」

メノムの声に顔を上げると、以前よりやや太って老(ふ)けたヴェセル王が現れた。王家特有の金髪(きんぱつ)は豊かだが、それでも額がやや広くなっている気がする。

「久しいな。キーフェル」

ヴェセルは鷹揚(おうよう)に言って、王座に腰(こし)を下ろした。付き従う護衛は六人、全て帯剣(たいけん)している。そしてメノムが王座の横に控(ひか)えていた。

「ご無沙汰(ぶさた)をしております」

「遠いところ、駆(か)けつけてくれてご苦労。余が遣(つか)わした使者よりも早く到着(とうちゃく)するとは、なかなかの心がけである。して、離縁届は持ってきたか？」

「は。しかし、署名はまだしておりませぬ。まずは陛下より離縁の理由をお聞かせいただきたく」

「理由とな？　そなたがそれを言うのか。我が書状を読んだであろう。結婚の儀(ぎ)を挙げながら、我が妹を五年間も放置していたのはそなたではないか」

「それについては幾重(いくえ)にもお詫(わ)び申し上げます。リザ姫様にも申し上げたのでございますが、陛下もご存じの通り、我が領地イストラーダは、ミッドラーン国土となった歴史も浅い土地でございます」

「それはそうだ」

「陛下から賜った当時は、砦や街道の整備もできておらず、流民、野盗の類いから王女の尊き御身をお守りする自信がなかったので、王都にお留まりいただきました。ですが、相応の金子や心ばかりの品々、我が心を記した手紙などは何度もお送りしたはず」

「……」

その言葉を聞いて、ヴェセルは奇妙な顔つきで、背後のメノムを振り返った。しかし、彼は首を振り、いかにも心外なという風に、エルランドを見返しただけである。

「……しかし、この五年間、妹はいつも泣き暮らしていたのだぞ。それを思うと憐れで心が痛む」

空々しく嘆き悲しむ王の言葉を、エルランドは内心で嘲笑ったが、神妙に頭を垂れてみせる。

「承知いたしております。しかし、昨年あたりからの手紙で、お迎えに行ける日も近いと繰り返しお伝えしたはずです」

「……なに？」

ヴェセルは目をむいた。

「しかし、お返事は一度もいただけなかった」

「そ、それほどリザは嘆き悲しみ……そなたを信用せず、愛想を尽かしていたということではないか！」

ヴェセルの語気は荒いが、口調はあやふやだ。そこへエルランドが畳みかける。

「左様でございますか。では、最後に一目だけでも御目通りを願います。署名をしていない以上、リザ姫はいまだ我が妻。いくら罵られようと、今までの行いを伏して詫びる機会をお与えください」

「そ、それは……メノム！」

王は慌てて侍従を振り返り、メノムが進み出て言った。

「それは叶いませぬ。キーフェル卿」

「なぜでしょうか？」

「リザ姫は現在、病を得られ、臥せっておいでなのです」

メノムが平坦に答えた。

「そ、そうだ！　リザは病なのだ！　さっさと離縁届を置いて退出せよ！」

今やヴェセルは、額に汗をかいていた。

「なんですと！　それはどのような病でございましょうや⁉」

エルランドは驚いてみせた。

「それなら、なおさら一目だけでもお見舞いを。心配でなりませぬ」

「ならぬ！　そなたは書面に署名をすれば良い。書面をこれへ差し出せ！」

「まことに申し訳ありませぬが、この場には持ってきておりません」

「なんだと⁉」

「申し上げたように、私にしてもなかなか決断のしかねる繊細な事柄でもあり、そのことを陛下に奏上いたしたかったのです。おっしゃることはよくわかりました。しかし、今夜一晩……一晩のご猶予をいただきたく存じます」

「一晩の猶予だと？」

「はい。明日の朝には、我が決意を申し上げまする。なにとぞ」

「……」

「リザ姫をお預けしているがゆえに、私はここ数年、定められた率よりも多くの税を国に納めてまいりました。その忠義に免じてどうか。今後のこともございますし」

エルランドは床に前髪がかかるくらい、深く腰を折った。

低頭することなど、彼にとってなんでもなかった。こうすれば相手は優越感に浸れ、こちらがどんな顔をしていようとも悟られずにすむ。

「そ、それは……」

言外に、税の額を規定の率に戻すとの示唆を受け取り、王は言葉を失うが、メノムが割って入った。

「キーフェル卿。さっきからいささか無礼が過ぎますぞ」

「存じております。しかし、リザ姫は私と陛下を繋ぐ唯一の存在。その姫を取り上げられるとあらば、私にはただの地方領主としての義務しか果たせませぬ。なにとぞ」

「あいわかった！　ただし一晩、一晩だけだぞ！　明日の朝、九時にはこの場で待つように。よいな！」

エルランドは恭しく腰を折った。苛立ちを隠しもせず、王が出てゆく。メノムと護衛も後に付き従った。

「どうやら、よほど知られたくないことがあるようだな」

一人残されたエルランドは、すぐさま立ち上がった。

急がねばならない。今日中に、しなければならない仕事ができたのだ。エルランドは急いで控えの間へ取って返した。

たった一度訪れただけだが、エルランドは王宮の構造をよく覚えている。

「皆、よく聞け。俺は今から、この城の奥の離宮へ忍び込む」

彼は自分の目的を三人の従者に告げた。三人とも何も聞かずに頷く。

とんでもないようなことに聞こえるが、この主がこういう言い方をする時は、何か重大な決意をしたということなのだ。

「確かめたいことがある。もし誰かから遣いが来ても、俺は頭痛がするとか、適当にごまかしておくように」

「は！」

「我らは帰還の準備を整えてお待ちしております」

「頼む」

言い置いて、エルランドは部屋を出た。あてがわれた部屋は一階で、屋外に出るのに苦労はない。

主要宮の壁づたいに、エルランドは広い王宮の裏側へと進む。

ところどころに衛兵は立っているが、騎士の身分を示す階級章のおかげで、ご苦労と声をかければ、案外すんなり通れるものだ。主な宮殿を抜けたところで、エルランドは目立たぬマントを羽織った。

ここから先は奥庭となり、更にその奥に使われなくなった離宮があるはずだった。

「あった。ここだ」

記憶にまちがいはなかった。かつては美しかったであろう離宮が、ほとんど廃墟となって森の中に白く佇んでいる。それは五年前に見た姿、そのままだった。

あの時は朝靄の中だった。

エルランドは怖れ気もなく、静寂に包まれた離宮の内にのしのし入り込むと、壊れた門をくぐり、鍵もかけられていない正面扉を抜けた。

五年前、彼はこの扉の前でリザに別れを告げたのだ。

入ってみると、中は薄暗く、予想通り人の気配はない。王は嘘をついたのだ。

「……やはりな」

王宮の一室にリザがいるとは最初から思っていなかった。子どものリザを無下に扱ったヴェセル王が、今さら庶出の妹を大切にするとは思えない。

ホールを入ってすぐの部屋が居間だった。彼は入ったことはないが、かつてそこから侍女と思しき娘が顔を出したから見当がついた。エルランドはそこでふと足を止めた。

──あの侍女……背が高くて茶色の巻き毛だった。さて、どんな顔だちだったか。同じような容貌の娘に、彼はつい最近出会っている。少年がお嬢様と呼ぶ、足を痛めた娘に。

「まさか……」

エルランドは今まで自分の勘を信じていた。

戦闘の時は、生き残れる匂いのする方に走った。それだから彼は勝利し、功を挙げることができたのだ。しかし、その時の彼は、次々に湧き上がる予感を否定したい気持ちで、いっぱいだった。

見ると窓際にランプが置いてある。手に取って透かしてみても油は濁っておらず、ガラスの火屋も埃を被っていない。つまり、つい最近までこの部屋を使っていた者がいるということだ。

「リザ！　いるのか⁉」

思い切ってエルランドが声を発した時、庭の方から人の気配がした。

直ぐに部屋の扉の陰に移動し、様子をうかがう。何者かは知らないが、その気配は忍ぶ様子もなく、すたすたとホールを進んでくる。靴音からして男のようだ。

そいつが居間の扉を潜った瞬間、エルランドの腕が伸びた。

「うわっ！」

「お前は誰だ」

男は驚愕のあまり、腰を抜かしそうになっていた。無人のはずの部屋からいきなり出てきた腕に、羽交い締めにされたのだから当然だろう。

「だっ、誰だって……俺は庭師のオジーってもんだよ！　あんたこそ誰だ！　ここは誰も住んでない離宮だぞ！」

その言葉に、エルランドは黙って腕を解いた。

オジーと名乗った少年は、振り向いてエルランドを睨みつける。マントの襟を立てているせいで、彼の方からはエルランドの顔はよく見えないだろう。

「ひょっとして泥棒か？　残念だが、ここには何も盗るものなんてないぞ！」

「どうして知っている」

「その前に名乗れよ。泥棒じゃないんなら」

「俺はエルランドという」

エルランドは低く名乗った。

「エル……ランド？」

オジーは口の中で呟いていたが、聞き覚えがないようで首をひねっている。リザはニーケ以外に、自分の夫の名を口にしたことはなかったのだ。

「知らないな。でも泥棒でないのなら、こんな忘れ去られた宮に来た理由を教えてくれ」

「そのつもりだ」

エルランドは壁際から光の差す窓際へと移動し、マントを取り払った。

「あんた……騎士なのか？」

オジーは、エルランドの服装や、腰に下げた剣を見て言った。

「そうだ。本当の名はエルランド・ヴァン・キーフェルという」

「ヴァン・キーフェル……ヴァン？　騎士が何で……」

「後で説明する。先にオジー、君がなぜこの場所へ来たか、ここで暮らしていた人はどうなったか教えてくれないか？」

「ここに来たのは花に水をやるためさ。姫様に頼まれたからな。そんでここに住んでいた人が姫様だ」

「姫様？　花に水だって？」

「ああ、俺と姫様で、この奥に温室を作ったんだよ。温室といっても、壊れた部屋を利用しただけだけど。姫様は珍しい花の苗を育てて市場で売ってたんだ。でも、旅に持っていけなかったんで、後の世話を頼まれた」

「ちょっと、ちょっと待ってくれ」

エルランドは面食らって言った。流れるように喋りだしたオジーの言葉全てに、理解が追いつかなかったのだ。

彼の話す「姫様」と、エルランドが一度会ったリザの印象は、あまりにもかけ離れている。

「もしかして姫様というのは……リザ姫のことか？」

「そうだよ。他に誰がいるんだよ」

オジーは、さもあたりまえのように言ってのける。

「それで……お前の話では、リザ姫は、ここで花を育てて、自分で市場で売っていたというのか？」

「ああ、そうだ」

「……なんでそんなことを」

「食べていけないからさ」

あまりにあっさりしたオジーの言葉に、エルランドは言葉を失うばかりだ。

「食べて、いけない、だと……？」

「そうさ。王様がほとんど何もくれないからだよ。別に今に始まったことじゃない。数年前から姫様は、花を売ってその金で食べていたんだよ」

「……」

「一度どっかの領主と結婚したんだけどね。そいつも姫様をほっぽり出して、なしのつぶてさ。手紙のひとつも寄越さない。だから、姫様は自分でなんとかしようとしたんだよ」

「自分でなんとか……」

エルランドの中でオジーの語る人物と、つい最近出会ったばかりの人間の印象が、どんどん重なっていく。胃が妙な収縮を始めた。それは心臓も同じだった。

「でも姫様は……姫って呼ばれるのが嫌だったようだから、ニーケも俺も、リザ様って呼んでた。だけど、やっぱり俺にとっては姫様だ。お綺麗でお優しくて」

「ニーケ！　ニーケだって⁉」

聞き覚えがあった。それはかつて彼の妻が、友だちだと告げた名前。

そして、昨日まで一緒にいた少年の女主の名前はニケだった。それは、ニーケという本当の名を、とっさにごまかしたものに違いない。ニケは常に従者の少年を見ていた。常に帽子を目深に被り、自分を見ようとはしなかった少年を。

「やはりそうか。あの少年が……リオが……そうだったのか」

エルランドが送った手紙も品も金も、一切リザには届いていなかった。

彼は送るだけ送って、確かめることをしなかった。まさか王、あるいはその周囲が、全て握りつぶしているとは思わなかったのだ。

これは確信だったが、二日前、暗い街道で出会った時、リザはすぐに自分に気がついたのに違いない。

だから、エルランドの顔もろくに見ようとせず、帽子を目深に被り、不自然に自分を避けていた。

——思い出せ。俺はリザに何を言った？　何をした？　そしてリザは何と答えたか？

『都……王宮で、どなたかに会うのですか？』

『そうなるか』

『その人に会いたくないのですか？』

『そうだな、あまり会いたくないな』

ラガースの町での会話。

エルランドは誰のことか言わなかった。まさか、会いたくない相手が、この国の王様だとは騎士として言えるはずがない。

しかし、リザの立場だったらどうだろうか？

五年も放り出していたものを、今さら会いに来たとは思うまい。リザは正しくエルランドが会いたくない人物は、自分のことだと解釈しただろう。

あの後すぐ、彼女の口調や態度が変わった。まるで逃げ出すように、自分の前から走り去ったのだ。

――リザはどんな気持ちで俺を見て、話を聞いていたのだろう……。

「俺は、なんてことを……」

エルランドは、ようやく全てを理解した。彼の予感は的中してしまったのだ。

それも最悪の形で。

リザは見切りをつけたのだ。彼女を閉じ込め、ないがしろにする王宮から。自分を放置し続ける冷たい夫から。

その事実はエルランドを打ちのめした。

国境戦役では百戦錬磨の傭兵たちを率い、次々と襲いかかる南方民族の攻撃を打ち破ってきた男の胸が、きりきりと掻きむしられる。

市場が好きだと言っていた。自分で育てた花を売って、自分の生活を支えていたのか。王女の身の上で。

リザは五年前の、うち捨てられた薄幸の王女ではなかった。いや、もともと芯の強い娘だったのだ。

誰にも頼れなかった彼女は、自分にできることを探しだした。花を育てて売り、収入を得ることで自信をつけ、長い時間をかけて、密かに計画を立てて実行したのだ。

「くそ……」

エルランドはぎしりと拳を握り込んだ。

「あんた、どうかしたのか？　すげぇ怖い顔をしているぜ」

黙り込んでしまったエルランドに、オジーは胡乱なまなざしを向けてきた。

「話を戻すが、あんたは誰で、何でこんなとこにいるんだい？」

「俺は……」

エルランドは、生まれて初めて自分について語ることに羞恥を覚えた。

しかし、この正直そうな少年に語れなくて、どうしてリザに自分の犯した過ちを償うことができるだろうか？

「俺はリザ姫の――夫だ」

エルランドは恥を忍んで声を絞り出す。

「夫!?　ええっ！　じゃあ、あんたが、なんとか公爵様かい？」

「公爵？　俺はそんなものじゃない。いったい何のことだ？」

「いやさ、ちょっと前に、リザ姫様に王様からの命令が来たんだ。それによると、一度も会いにも来ない前の夫と離縁して、西の方の偉い公爵と結婚しろってことらしい」

「……シュラーク公爵」

「そんな名だったっけ？　つまりあんたじゃないんだな。そういえば公爵は、凄い金持ちって噂だもんな。言っちゃあなんだけど、あんたはそれほど金持ちには見えないし」

オジーは、エルランドの埃にまみれた服装を無遠慮に眺めた。

「確かに俺は金持ちではない。だが、毎年リザ姫には手紙と金を送っていた……王宮で不自由することのないように」

「毎年？　じゃあ、あんたはつまり……」

「そうだ。俺は一度も会いに来てやれなかった、リザ姫の夫だ。離縁届に署名はしていないから、今のところは、とりあえずまだ夫ということになるが」

「あんた……あんたがそうだったのか……でも、リザ姫は金なんてもらってなかったぞ。五年前に誰かからもらったっていう金貨で、珍しい花の苗を買って、それを増やして売っていたくらいだから」

「その金を渡したのも俺だ……」

エルランドの声はますます苦い。その足元へオジーは唾を吐いた。

「あんた最低だな！　夫ならなんで、もう少しだけでも姫様を気にかけてやらなかったんだよ！　あの王様は、妹のリザ様に何もしてこなかったんだぜ。その上、勝手に次の結婚まで決められて……だから姫様は未来に絶望したんだ。俺の古服を着て男の振りをして、ここを出ていった」

「……そうだ」

あの時、転んで街道に這いつくばっていたリザは、細くて髪も短く、少年にしか見えなかった。本来なら大切にされているはずの貴婦人——王女なのに。

「まさか、ここまでだとは予測していなかった……完全に頭がどうかしていた」

「目も曇っているようだしな」

「その通りだ」

自分よりも、よほどリザのことを気にかけてくれたのだろう、オジーを前に、二人の立場が完全に逆転している。

「今ならよくわかる。あの王は、リザを利用することしか考えてなかったことが。だが、それは俺も同じだ。待っていてくれと言っておきながら、手紙と金を送るだけで一度も会いに来なかった……」

「でもさ、姫様は俺に、あんたのことを何も話さなかったよ。あんたに会いたがったり、恨んだりしてる様子はなかった。ニーケには、話してたかもしれないけど……」

「……」

——それはとっくの昔に、俺はいないものとされていたからだ。

エルランドは宿屋でのリザの様子から、自分がとうに彼女の心から切り捨てられていることを悟った。

「だから、姫様が逃げ出そうと思ったきっかけは、自分の親父みたいな年上の男に嫁がされることだったと思う。いくら金持ちでも、後妻だし、自分より年上の子どもが大勢いるっていうし」

シュラーク公爵家は王国の次席公爵で、ミッドラーン国の中でも指折りの名家だ。

豊かな穀倉地帯を持ち、水運なども整備された恵まれた領地を持つ。公爵本人は人格者だと噂されているが、滅多に表には出てこない。

――確か前年に奥方が亡くなったと聞いているから、あの王はリザを輿入れさせて、王室との繋がりを強固にしようと思ったのだろう。あの王の考えそうなことだ。だが……。

「……全ては言いなりにはならない」

「え？」

オジーには低い呟きが聞き取れなかった。

「よし！」

エルランドはぐいと頭をあげた。己のするべきことがわかったのだ。

「オジーと言ったな。俺はリザに会わなくてはならん。いや、実はもう会っているのだ」

「はぁ!?　あんた、なに言って……」

「だが、その前に、あのクソ王に言ってやりたいことがある」

エルランドはオジーが思わず一歩下がってしまうほど、険しい顔つきで言った。

「今すぐにな！」

「あんた……もしかして、王様に文句を言いに行くのか？」

「そうだ」

「本気かい？　殺されるかもしれないぜ」

「殺されはしないさ。これでも戦士だ。戦い方は知っている」

エルランドはこともなげに言った。命の危険にさらされたことなど、一度や二度ではない。

「わかった。行ってきなよ」

オジーは男の顔になって言った。

「王様とやりあってきな。あんたが、嘘つきでないのなら、リザ姫様を大切にしてやってくれよ。あの方は今までずいぶんな目にあってきたんだよ。俺はリザ様が逃げる時、何もかもうまくいかなかったら、嫁にもらうって言ったんだぜ」

オジーはエルランドを挑発するように言い放った。

「それは困る。リザ姫は俺の妻だからな。だがオジー、感謝する。お前のおかげでリザは生きてこられた」

エルランドはベルトから短剣を抜いて少年に渡した。

「まったく……俺はいつも、こんなものしか持っていない」

以前、リザと別れる際にも小刀を与えたことを思い出す。あの小刀はどうなったのか。

彼の不実を恨みに思って、捨てられてしまったのかもしれない。

「我が妻、リザが長い間世話になった」

長身の戦士は庭師の少年に頭を下げた。

「すげぇな。こんな立派な剣、初めてみたよ」

短剣といっても、重みのある実用的な剣をオジーは嬉しそうに眺めた。

「では行く」

「気をつけなよ」

もはやオジーには目もくれず、エルランドは身をひるがえし、離宮を飛び出した。

そして――約一時間後。

エルランドは王の私邸である、王宮奥の後宮にいた。護衛の騎士や侍従が体を張って止めようとするのを、自分の首に大剣を押し当て脅して押し通ったのである。

「陛下は、午後のお休み中でございます！　どうかおとどまりを！」

「やかましい！　今、陛下に会えなくば、この喉をここで掻っ切る！」

「お待ちください！　この宮を血で汚すのは……っ！」

「ならば速やかに陛下にとりつげ！　陛下にお会いできたなら、この身を拘束してもかまわぬぞ！」

部屋の中央で仁王立ちになりながら、エルランドは及び腰の護衛騎士や、侍従たちを睨めつけた。

今ここに、筆頭侍従メノムはいない。おそらく王が休んでいるところまで、報告に走っているのだろう。

「陛下！　陛下！　無礼は承知しております。イストラーダ領主、エルランド・ヴァン・キーフェル、夜明けまで待てずにまかり越しました。申し上げたいことがございます！」

エルランドは厳重に閉ざされている、大きな扉の前で怒鳴った。

返事はない。しかし、しばらくしてから扉が開き、メノムが現れた。

「……陛下がお会いになると仰せになっております。むろん武器は全て差し出していただき、尚且つ両手を縛らせていただきますが、よろしいか？」

「かまわん。好きなように縛れ」

エルランドは大剣を投げ出し、ついでに騎士の上着も脱ぎ捨てた。

すぐに護衛騎士たちが、彼の両手首を後ろ手に縛り上げる。両膝を床につかされる屈辱的な姿勢だったが、かまわなかった。リザの受けた仕打ちに比べたら、こんな程度、償いにもならない。

そのまましばらくじっとしていると、やがて扉の開く気配がした。ヴェセル王だ。

彼は慌てて服を着た様子で、微かに女物の香水の香りを漂わせている。おそらく、どこかの婦人と一緒に過ごしていたのだろう。

「何事だ。キーフェル。午後の憩いのひとときに無礼ではないか！　謁見は明日の朝のはずだったろう。我が宮で騒ぎ立てた罪は重いぞ。咎めは覚悟しているだろうな！」

「もちろんです。ですが、我が言葉を最後までお聞きになってから、よろしくご判断いただきたく！」

距離が離れているので、エルランドは怒鳴るように言った。

「ずいぶんな言い草だな……申せ、キーフェル。場合によってはきつく仕置くぞ！」

ヴェセルは余裕を見せて、奥の大きな椅子に座った。

「さて、多忙な余が、唯一寛げる時間の邪魔をした、納得できる理由を聞かせてもらおうか」

「は！　お心感謝いたします。きっとご理解いただけるかと」

「……申せ」

「では、さっそく」

エルランドはこちらを見下ろし、微笑むヴェセルに目を据えた。

「リザ姫は王宮のどこにもいませんね？」

「なに!?」

「先ほど、私が自ら確認いたしましたが、王宮のどこにも、あの離宮にも、リザ姫はおられませなんだ」

途端に王の背中が伸びる。その首にわずかに紅の痕が覗いており、エルランドは非常な嫌悪で胸が悪くなる。

「なんだと！　そんなはずは……メノム！」

「は……は！　ただいま確認させます！　少々お待ちを！」

真っ青になったメノムが慌てふためいて出ていく。

その様子はどこか芝居じみて見え、エルランドはこの二人がすでにリザの不在を知っているのではないかという疑いを抱いた。

「き、きっとリザはいつものように、離宮の奥をほっつき歩いているのだ。あれは母親と同じくぼんやりしているからな」

ヴェセルが何とか取り繕って言った。まるでそう言うことで、自分を安心させるかのようだ。

「ではこの間にお話の続きをさせていただきます。陛下には貴重なお時間でしょうから」

エルランドはわざとらしくため息をついた。

「陛下、残念ながら先刻申しあげた、五年の間、私がお届けした手紙も金子も、やはり誰かに掠め取られていたようです。どちらも姫の手には渡っておりません」

「な……何を証拠に」

ヴェセルの顔は今や蒼白になっている。

「大忙しのメノム殿には気の毒なのですが、実は私はつい先ほど重大な報告を受け取ったのです」

「報告だと？」

「さようでございます。たった今、我が配下より、リザ姫をある場所で保護したとの報告を受けたのです」

「なっ……なんだと⁉　リザ……リザは、どこにいるのだ⁉」

ヴェセルはついに椅子から立ち上がった。

「報告によると、リザ姫は数日前、ひそかに離宮から逃げ出したようです」

「だから、どこにいるのだ！」

ヴェセルは叫んだ。

「幸い姫君はご無事なようです。リザ姫は少年に変装して王宮を抜け出し、街道で転んで怪我をしているところを、偶然通りかかった私の配下の者が助けたのです。もちろんその者は、助けた人物がこの国の王女だとは知らなかったのですが、不審に思って調べたところ判明したと。侍女だという娘も一緒です」

適当にハッタリを混ぜながら、エルランドは自信たっぷりな態度で状況を説明した。

嘘とは、小さな真実をところどころに織り込むことによって、一層現実味が出るものである。

「お前は余を侮辱するのか？　余はリザがどこにいるかと尋ねているのだぞ！」

「いいえ。侮辱などめっそうもない。ただ、この王宮のどこかに、リザ姫を貧しいまま、孤立させたかった人物がいるようです」

エルランドは、その張本人が王自身だとは言及しなかった。

まさか国王がそこまで堕ちていると、思いたくなかったのだ。しかし、誰かが王にそうするよう、仕向けたことには確信を持っていた。

おそらく今現在、非常に慌てているだろうあの男だと。

「これ以上は申しますまい。誰かが私の妻に、不当な仕打ちをしていたことが明らかとなった今」

「そ、それで、お前はどうすると言うのだ！　余は今すぐそなたを投獄できるのだぞ！」

「お好きに。しかし、王に今ひとつお願いしたき儀がございます」

「な、なんだと！　これ以上まだあるのか！」

汗を流しながらヴェセルが喚く。

「姫……いや、我が妻と、シュラーク公爵閣下との縁談をお取り止めください」

「なんだと⁉」

「今ならまだ公式に発表されてはいないはずですから、公爵家の名誉は守られると存じます。もちろん、ただでとは申しますまい」

エルランドは王の返事を待たずに畳みかけるように続けた。

「もし我が願いをお聞き届けいただけましたなら、今後五年の間、私が姫を置き去りにしていた期間と同じだけ、これまでと同率の国税を納めましょう。しかし、この願いが聞き届けられないのなら、この場で私を捕らえ、お斬りください。ただし！」

「……」

「その後のことは、正直わかりかねますが……」

エルランドの目は爛々と燃えている。自分がこの五年間、捨て地イストラーダをどのように開発してきたか、王室にどのくらいの物税を納めてきたか、王は知っているはずだった。だから、万が一、自分が王宮で殺されれば、共に苦労した兵士や領民が黙ってはいないだろう。エルランドの下、イストラーダはひとつなのだ。

また、彼が鍛え上げた傭兵たちは各地に大勢いる。エルランドと彼らとの信頼と繋がりは強固だ。だからこそ彼から取り上げられたのだ。

エルランドが不当に殺されたことを知ったら、ただではすまない。やっと収まった国境紛争なのに、今度は国内の騒乱を引き起こしてしまう。

「ぐ、ぐぅう……」

「失礼申し上げます！」

王と同じくらい真っ青な顔で転がり込んできたのは、筆頭侍従メノムだ。

彼はエルランドの目の前を通り過ぎ、王の耳元で何かをささやく。

おそらく、リザが見つからないことを報告したのだろう。王の目がますます見開かれ、顔じゅうから汗が滴った。

数段高い王座の上で、二人は何やら早口でやり取りをしている。王はメノムを叱責しているようで、時々抑えた怒鳴り声が聞こえた。

その様子は滑稽で、エルランドには、今までメノムがいかにリザを放置し、馬鹿にしてきたかがわかった。彼らの様子から察するに、メノムはリザの逃亡に気づいてはいたが、すぐに見つかると高をくくって、王には知らせずにいたのだろう。

王は今までリザには無関心で、エルランドもそうだったのだから、全て思惑通りにいくと確信していたのだろう。今初めて、そうではないという事実に驚愕しているのだ。

エルランドはこの場での勝利を確信した。

「なにとぞ、ご英断を。我が陛下」

王から離れた床の上で両手を縛られて這いつくばりながら、それでもエルランドは王を圧倒していた。金緑の瞳が王を射竦める。

「さぁ陛下、いかに？」

二時間後。

エルランドは配下とともに、再び馬上にあった。愛馬アスワドを、これ以上ないくらい急がせている。

あの後、エルランドは王と密かに取り引きをした。

自分とリザの離縁、そしてシュラーク公爵との再婚を取り止めてもらう代償として、今後五年間、王国に納める税を通常の東辺境の規定税率の倍近く支払うという取り決めだ。もちろん物納である。

これはエルランドが、ヴェセルを吝嗇で小心者だと見切ったゆえの条件だった。

エルランドを本気で怒らせたら、必ず反乱が起きると言外に脅しをかけたのだ。

ヴェセルの父の代で、ほとんどの国境紛争を収めたのに、ここで内乱を起こしてしまっては、またしても大きな出費になるし、せっかく賢王の息子に生まれ、良き継承者と呼ばれている自分の名誉に大きな傷がついてしまう。

——あの王は、それに比べたら、シュラーク公爵と自分の異母妹の縁組を捨てる方が、まだマシと考えたのだろうよ。公爵はもののわかる男だというし、傍系ならば、まだ嫁いでいない姫もいることだし。

エルランドは内心で嘲笑った。

だが、約束を文書にして署名まで持ち込むのに、時間がかかってしまったのだ。

侍従メノムは、少しでも王に有利な文言に拘り、面倒な段取りがいくつもあった。

エルランドにしても、王の言質だけでは信用できなかったので、しっかり明文化しておきたかったのだ。そしてようやく、王の署名と印璽を手に入れることができたのだ。

遅くなってしまったが、これは始まりにすぎない。

——全てはこれからだ。

——あの娘から信頼してもらうためには。

そう。まずしなくてはならないことは、リザの信頼を得ることだった。

「エルランド様！　あれに！」

「カタナ、どうした？」

「鳥が見えます！　おそらく我らの鳩です！」

目の良いカタナが指す空から、小さな黒い点が降りてくる。それはまちがいなく伝令用の鳩だった。

「よしよし！　何を持ってきた？」

鳩は世話人のザンサスの肩に舞い降りた。足に伝令用の小さな筒がついており、ザンサスは太い指で器用に中身を取り出す。

そこには短く、そして驚くべきことが記されてあった。

『二人不明。後を追う　セロー』

「不明だと⁉」

――俺から逃げだしたのか……リザ……。

――王宮からだけでなく、俺からも……あなたの絶望は、それほどまでに深いのか？

「餌をやったらすぐに鳥を放て！　全速力で後を追う！」

鳩はセローのもとに戻るだろう。エルランドはそれを追うと言っているのだ。

部下たちは一切質問をせずに主を追った。

「アスワド！　頼むぞ！」

エルランドは愛馬を駆り立てる。

――リザ！　リザ！

――失いたくない！　俺は、まだあなたに何も伝えていない！

一行は往路の半分の時間でラガースの町へと戻った。しかし、止まることはしない。

鳩は村を通り過ぎて東へと低く飛んでいく。そしていくらも経たないうちに、鳩は街道の脇にある畑に舞い降りた。

畑は丈の高い麦が収穫寸前だ。夕刻だとはいえ、騎馬は目立つので、エルランドたちは用心して少し離れた場所に馬を繋ぐ。これで街道からは見えないだろう。麦畑を掻き分けていくと、すぐにセローが隠れているのが見つかった。近くに馬もいる。

「リ……二人はどうなった⁉」

エルランドはせっつくように尋ね、心得たセローが早口で説明した。

「見ていた村人によると、二人はまだ倉庫から出てきていないもようです」

セローの指す方角に片流れの屋根が見える。男たちの数が多く、リザかニーケのどちらかが人質に取られる恐れがあるため、セローは一人で踏み込めなかったのだ。

「見張りは街道側の東西に二人です。さっきまで裏側から壁に耳をつけていたのですが、今のところ悲鳴が上がったり、騒がしくなったりする様子はありません」

「口を塞がれているからかもしれん！」

エルランドは今にも突入する勢いで怒鳴った。

「あのう、これは関係ありますでしょうか？」

セローが見せたのは、リザの人相を描いた手配書である。宿の帳場に貼られていたものだ。

「……そんなに似ていないが、ある」

エルランドはやや落ち着きを取り戻した様子で言った。

おそらく男たちもこれを見たのだ。そして正規の手段では手に入らない金の匂いを嗅ぎつけたのだろう。でなければ、セローが言うほど静かなわけがない。リザは無事だと勘が告げている。少なくとも今は。

「では、娘が主ではなく、少年の方が手配されていた、ということでしょうか？」

「そうだ」

考え込んでしまったエルランドに、ザンサスが遠慮がちに尋ねた。

「お伺いしても良ければ……。お館様、いったいあの娘たちは何者なんですか？　特に男の子のほう。あの子はエルランド様と、どんな関わりがあるのです？」

「妻だ」

主の短く苦い応えに、騎士たちは驚いて顔を見合わせた。セローだけがにんまりと得心している。

「やっぱり！　そんなことだろうと思っていましたよ、俺は！」

「小屋を制圧する。配置につけ」

エルランドの顔が戦士のそれに変わる。緑の瞳が危険な色を孕んだ。こういう時の主は本気なのだと彼らは知っている。彼らはすぐに自身の役割を理解した。

「俺は俺の妻を助ける。行くぞ！」

六章　許されるのなら

「よし。もう少しだわ」

リザは積み上げられた肥料袋の山をよじ登っていた。袋の大きさはまちまちだったが、重い袋を下に積み、小さめの袋を階段代わりに積み上げた。乱雑に積み上げられていたことが幸いし、足場となったので、なんとか登ることができたのだ。

出入り口の扉の前にも袋を積み上げ、扉が開かれたら、向こうに崩れ落ちるようにした。わずかでも時間稼ぎができるように。その前にはニーケが座っている。

天井の明かり取りの窓までもう少しだった。

下を見るのは怖いので、リザは上だけを見上げて進む。嬉しいことに、たどり着いたてっぺんは窓に近く、指が届いた。窓には雨除けの板が斜めに立てかけてあるだけで、高価なガラスははまっていない。リザは窓の縁に指をかけたが、まだ少し高くて体を持ち上げることができない。足場を高くするには、近くの肥料袋をもう二、三個ほど積み上げる必要があった。

——怖くない。怖くない。できる！

おそるおそる、下を向いて手近な袋を持ち上げる。眼下に、恐怖と心配で固まって自分を見上げているニーケが目に入った。リザは安心させるように頷いてみせる。

「すぐに助け手を連れて帰ってくるから！」

天窓から抜け出して助けを呼ぶと言ったリザを、ニーケは最初、危険だと止めた。か細い主にできる冒険ではないと思ったからだ。しかし、リザは言いなりになるのは嫌だと、実行に移した。

──だからやり遂げなくてはならない。ここまではできた。けど、まだだわ。

袋を二つ追加すると、かなり足場が高くなった。リザはそれに勇気を得て、窓枠にしっかり手をかけると、思い切り伸びあがった。肘が屋根にかかると足が浮く。こんな経験は初めてだが、リザは思い切り足を蹴り上げて、屋根によじ登ることに成功したのだ。

「できた！」

下から見た通り、屋根は片流れで西に向かって傾斜している。高い方の下には藁塚があるが、それでもリザには恐怖を覚える高さだ。

空はゆっくりと赤く染まろうとしていた。

──だ、大丈夫よ、きっと大丈夫！

リザがそう思った時、窓の下からどさりと何かが崩れる音と、ニーケの叫び声がした。

「やってくれるじゃねえか、嬢ちゃん」

バルトロだった。こちらを見上げて笑っている。

「そんな高い窓によじ登るとは思いつかなかったぜ」

バルトロは、リザが苦労してよじ登った肥料袋の山をすいすいと越えてくる。

その背中の向こうに、ニーケがジャーニンに口を押さえられ、羽交い締めにされているのが見えた。

「ニーケ!」

リザが進退極まっているうちに、バルトロは難なく屋根の上に登ってきた。

「いい度胸してるぜ、嬢ちゃん。気の強い娘は好きだぜ。だが少し、お仕置きをしなくちゃならねぇなぁ」

「いやよ!」

「これは暴力じゃねぇ。おい嬢ちゃん、男ってものを少し教えてやる。おい、お前ら!そっちの娘に手を出すんじゃねぇぞ!」

バルトロは足元に向かって叫んだ。

「ひん剝いてやる!」

強欲な腕が伸びる。リザは斜めの屋根を低い方へと後じさった。

「だめだめ。足を滑らせたら危ないぞ」

リザが一歩下がるとバルトロがゆっくり一歩進む。余裕の笑みさえ浮かべているのは、絶対にリザが逃げきれないと思っているからだろう。

二人の攻防はバルトロの勝利に見えた。

低い方の屋根でも地面まで三メートルほどある。飛び降りたら、ニーケのように足を痛めてしまうだろう。最悪骨折も十分ありえた。

「さぁ、こっちへ来な。怖がることはねぇ」

「いや！　来ないで！　私に触らないで！」

リザはじりじりと屋根の先端まで後退した。庇としてせり出した屋根板が一部、崩れ落ちる。リザはあっと肝を冷やしたが、視線はバルトロから外さなかった。

「ほらもう、先がねぇぞ」

「こ、怖くなんかないわ！」

「その顔、いいぜ。もっと追い詰めてやるよ。次はどんな顔を見せてくれるんだ？」

バルトロはリザがもう逃げられないと決めつけ、残忍に唇をゆがめて笑った。その足元の屋根には穴が開いている。野ざらしで板があちこち傷んでいるのだ。

中からはわからなかったが、劣化のひどい箇所があるのだろう。

「さぁ……」

長い腕が伸びてくる。

その刹那、リザが駆けだしたのは、頭で考えたことではなかった。

「なに⁉」

リザは体を沈めて屋根の高い方へと駆け上がる。

足元に穴が開いているので、バルトロの初動が一瞬遅れた。その腕を掻い潜ってリザは屋根を斜めに走った。リザの体重は軽い。対してバルトロは、その二倍の重さがあるだろう。だから彼は、そんなに勢いよく走れなかったのだ。

眼下には高く積まれた藁塚がある。落ちればどうなるのか、経験不足でわからない。

バルトロはもうすぐそこまで追いついてきている。ためらっている暇はなかった。

——跳べ！

一番高いところからリザが藁塚目がけて跳び降りるのと、バルトロがリザの後ろ襟を摑んだのは同時だった。

二人の体は一瞬静止し、勢いよく藁の上に沈みこむ。まだ乾燥していないそれからは、青臭い匂いがした。

「ううっ！」

思ったより簡単で怪我もなかったが、もがけばもがくほど体が沈む。バルトロが襟を摑んでいるので、もともと大きめの上着がするりと脱げた。しかし、荒ごとに慣れた男にすぐに捕らわれてしまう。

「これは思った以上のじゃじゃ馬だったな！」

また捕まってしまった！

絶望にかられたリザが叫ぶ。

「放して！　放せ！」

「おお、華奢だな。もうめんどうくせぇからひとおもいにやっちまおう。少々チクチクするが、まぁいい」

バルトロがリザにのしかかる。ぎっと振り仰いだリザの瞳は、斜めに差した陽を拾って藍色に輝いた。

「ほう！　これは凄い目の色だ。黒じゃない、青？　藍か？」

毛がびっしり生えた手がぐっと伸びて、シャツの襟を引き裂いた。秋の透明な日差しの下に、リザの白い肩が曝け出された。

「おお！　さすがにお貴族様だぜ。こんなに白い肌には滅多にお目にかかれねぇ」

あまりのことに、リザは一瞬なにが起きたかわからず、声も出せなかった。男の肩越しに空が見え、低く鳩が飛んでいる。リザは思わず、その鳥に向かって手を伸ばした。

「やっぱりお前、いいな。そうだ、俺の女にしてやる。と言っても、少しは抵抗されねぇと面白くない。どうせ、すぐに屈服させるんだから」

汚れた分厚い掌が口を覆ってしまう。嚙みつこうにも、顔の半分を圧迫されていて、唇を開くこともできない。

「んんん〜っ！」

リザは必死に声をあげた。しかし、情けない声しか出せない。倉庫の中にも届かないだろう。その間にも男の手は、どんどんリザに迫っていく。

バルトロはリザの首筋に指を添わせた。気持ちの悪さで胃液がせりあがり、絶望に手足が冷たくなった。

「うううっ」

リザは必死に男の体を押し退けようとしたが、重すぎてどうしようもできない。力さえも萎えて虚しく腕を投げ出す。しかしその時、ズボンのポケットの奥に入っている硬いものに指先が触れた。それは昔、エルランドにもらった小刀だ。

リザは抵抗を諦めた振りをしながら、ポケットの中で鞘を外し、柄を握りしめる。

その硬さがリザに勇気をくれた。

バルトロはひぃひぃと笑いながら、リザの左腕を掴み、両足を腰に絡ませて下半身を押さえつけている。

——今なら手足が塞がってる！

リザは小刀を振り上げると、垂直に男の肩に突き立てた。

「ぎゃあっ！」

思いがけない攻撃に、バルトロは背をのけぞらせて干し草の山から転がり落ちた。その隙にリザは積んだ草のてっぺんまで逃れる。

「この女！　優しくしていりゃあ、つけ上がりやがって！」

「来ないで！」

「うるせぇ！　おとなしくなるよう痛めつけたら、最下層の娼婦に堕としてやる！」

「お頭！　顔はまずいですぜ！　せっかくの金づるが！」

下の方から手下が叫ぶ声がする。しかし、逆上しきったバルトロには届かない。

「やかましい！　役人を騙す算段なんていくらでもあらぁ！」

バルトロは、肩に刺さった小刀を引き抜いて投げ捨てると、干し草の山をよじ登る。傷口から血が溢れたが、興奮しているためか、大して痛くないらしい。骨に当たって深く刺さらなかったこともあるのだろう。しかし、男の体重で草は深く沈み込み、滑り落ちてなかなか難儀している。

とにかく今は逃げることだ。リザは干し草の山からもう一度、倉庫の屋根に逃れようと、必死で這い上がった。

「もう少し！」

屋根までそんなに距離はないが、足元が不安定なため、なかなか乗り移れない。もがいていると、ようやく追いついてきたバルトロに足首を掴まれる。

怒りで激しく顔をゆがませたバルトロと一瞬目が合ったが、リザはそのまま、力任せに引きずり下ろされる。

「うらぁっ！」

「きゃああ！」

激しい勢いで引っ張られ、そのまま仰向けに放り投げられた。

リザの軽い体は、弧を描いて宙に飛ぶ。

――ああ、私このまま落ちるんだ……。

――死ぬのかな？　死んでもいいかな？

視界いっぱいに広がったのは空だ。青くどこまでも続く空。

リザの見たことのない世界まで繋がっている美しい……きっとイストラーダへと続く空へ……見たかった空へと……。

「いいえ！」

リザは閉じかけた目を、かっと見開いた。

――私はまだ死にたくはない！

――あの方に言ってやりたいことがある！

生きようとする本能でリザが体を丸めた時、落下の衝撃ではない、何か硬いものが柔らかく彼女を受け止めた。

「……？」

おそるおそる目を開けた時、リザが見上げたのは空ではない。

光の強い緑色。

「リザ！」

「……え？」

「リザ！」

自分を覗き込んでいる男はそう言った。

「エルランド様！」

口からこぼれたのは夫の名前だった。

「リザ……すまない」

強い腕に抱き込まれ、リザは懐かしい匂いを吸い込んだ。ぴりりと苦くて、少し甘い。

「エルランド様！　大丈夫ですか⁉」

ザンサスは見張りを倒したところだった。もう一人もカタナに打ち倒されている。

エルランドの指示よりも早く彼らは動き始めていた。

「……わ、わた、私は……」

「話は後だ、リザ。ザンサス！　奴らに反撃のいとまを与えるな！　一気に制圧しろ！」

突然現れた戦士たちに驚いたバルトロは、大声で仲間を呼ぶ。

「お前ら出てこい！」

ならず者たちは、すぐにばらばらと飛び出してきた。外のただならぬ様子に聞き耳を立てていたのだろう、すでに手に得物を持っている。明るいところで見ると、男たちは皆ごつい体つきで、荒ごとに慣れた連中のようだった。

「これはこれは、ご立派な騎士様たちだ」

「ちょっと貧乏臭いがな」

「ちげぇねぇ！　かかれ！」

ならず者たちは柄悪く笑った。自分たちの腕と数を頼んでいるのだろう。彼らは十二、三人、対してエルランドたちは四人である。男たちは皆、腰を落とし、臨戦態勢をとって睨み合った。

「リザ、これを」

エルランドは上着を脱いでリザに巻きつけると、指笛を吹いた。澄んだ音の余韻も消えないうちに、大きな黒馬が駆けてくる。後ろにも数頭。

「頼むぞアスワド！　リザを守ってくれ」

彼の言葉は馬にかけられたものだ。エルランドは不敵な足取りで、対峙する男たちの間に割り込んでいく。

「さぁ、誰から斬られたい？」

その言葉が戦いの合図となった。

エルランドの近くにいた二人の男が両側から斬りかかる。金属がぶつかりあう鋭い音が街道に響いた。

「あああっ！」

「ぎゃあっ！」

馬の後ろから顔だけ出していたリザの目に映ったのは、空を背景に鮮やかに飛沫をあげる赤。

同時に耳を塞ぎたくなるような苦鳴が上がる。静かだった裏街道は、たちまち男たちが激しくぶつかりあう戦場と化した。

「……ひぅ」

リザは息を呑んで戦いを見つめた。ならず者たちは、かなりの場数を踏んでいるようだが、素人目にもエルランドと配下の騎士たちの動きは、それを上回っていた。

ザンサスの持つ重い戦斧は、見るだけで敵を怯ませている。

カタナは短めの剣を両手に持って、間合いに踏み込んでは攻守巧みに、確実に敵を仕留めていく。

長身のランディーは中距離戦闘が得意らしく、後ろから仲間の背中を狙う敵の、更に後ろから、小さく鋭いナイフを投擲し、動きを封じた。

しかし、一番目立つのが、エルランドの剣捌きである。無駄がないのだ。

戦いなど、物語の世界でしか知らないリザにもそれはわかった。

彼は相手がどこを狙ってくるのか、わかっているように戦っている。力の差がありすぎる相手には、一合と受けることなく利き手の筋を斬り、武器を持てないようにしていった。利き手の太い筋肉を斬られた人間は、必ずもう一方の手で傷を押さえ、戦意を失う。

エルランドの周りにそんな男が増えて行く。

他の騎士たちも優位な大勢で一人ひとり敵を倒していった。

「てめぇら引け！　でねえと、この娘の喉を掻っ切るぜ！」

バルトロはニーケを引き摺り出していた。背後には二人を騙したジャーニンがいた。バルトロがニーケを肥料置き場から連れだし、乱暴にジャーニンに押しつける。ジャーニンは心得たように、ニーケの喉元へ背後から短剣を突きつけた。

「ニーケ！」

リザが思わず飛び出る。

「来るな！」

エルランドに怒鳴られたが、リザには聞こえない。ニーケはたった一人の友であり、孤独なリザにとって、家族も同然なのである。

「リザ！」

エルランドがリザの前に立ちはだかったわずかな隙をつき、まだ立っていた男の一人が斬りかかった。エルランドは素早く身をかわすが、刃の先が二の腕を掠め、シャツが裂かれる。男はその勢いのまま、リザに迫った。手には血に濡れた刃。

「……ニーケッ！」

リザの足は止まらなかった。

男は弱々しい獲物ににやりと笑って、二人目の人質にしようと狙いを定める。しかし、エルランドの方が早かった。

彼は流れるような足捌きで間合いを詰めると、男の背中を斜めに割った。鮮やかな血飛沫を上げ、ものも言わずに倒れた男を振り返りもせず、エルランドはリザを抱き留めた。

次の瞬間、ニーケの喉に刃を突きつけていたジャーニンも、前のめりに頽れる。

その後頭部から、拳大の礫が転がり落ちた。街道の樹木の上から戦闘を俯瞰していたセローが投擲したものだ。目をむいたバルトロの目の前には、エルランドの大剣があった。

「ぎゃっ！」

ごつりと嫌な音がして、バルトロもどさりと昏倒する。

エルランドが大剣の柄頭で彼の前頭部を殴ったのだ。

「お頭！」

首領が倒れたのを見て、残る数人の男たちは明らかに動揺していた。それを見逃す騎士たちではない。捕縛はあっという間だった。

「エルランド様！　お怪我は？」

近くの樹木から下りてきたセローが主人に駆け寄る。

「かすり傷だ。それよりもセロー、ニーケ殿を頼む。あとの者は、こいつらを縛り上げ、倉庫に監禁しておけ。ザンサスは街道の守備隊に連絡せよ。ハーリの村に集合だ！」

エルランドがふと目をとめたのは、干し草に刺さった小刀である。刃の先には血がついていた。彼はその辺の草をちぎって刃を拭った。

「すまんが俺たちは先に行く」

エルランドは配下にそう言い捨てて、立ち尽くしているリザを抱き上げると、一気に馬上の人となった。


馬上はどうにも居心地が悪かった。

二日前、初めて乗った時は、ゆっくり歩くだけだったからそれほど揺れなかったが、今、高速で移動するこの動物の背中は、上下に大きく揺れて非常に乗り心地が悪い。

進行方向に向かって横抱きにされているせいもあるが、体を支える人物にどうしても身を委ねられないのだ。

「リザ、体が硬い。力を抜いた方が楽になる。うつむいていないで、前を向きなさい」

「……うう」

しかし、どうしてもそうできないのだ。それに喋ったら舌を噛みそうで、返事ができない。リザはどんどん気分が悪くなってきた。

今度は逃れようがなく連続して振動が続いている。次第に胃が絞られて、苦いものがせりあがってきた。

——だめよ！　我慢するの！　この人の前で醜態は見せられない！

それは、なけなしの矜持だった。

口中に広がる嫌な味を必死で飲み下す。冷や汗が止まらない。きっとひどい顔になっているだろう。

そして更に悪いことに、衣服がぼろぼろなのである。バルトロに上着を脱がされた上に、シャツの襟もとは引き裂かれてしまっている。

リザは両手でシャツの襟元を掻き合わせて体を隠したが、気分はどんどん悪くなるばかりだった。

——ああ……もうだめ！　吐いちゃう！

ついにリザが両手で口を押さえたとき、だしぬけに激しい揺れが停止した。馬が止まったのだ。

「着いた」

いつの間にか小さな村の広場に出ていた。あたりはすっかり薄闇に浸っている。夕食前なのだろうか、数は少ないが人々が行き交っている。

リザは先に下馬したエルランドに腰を支えられ、地面に下ろされた。しかし、目が回って足が立たず、その場にへたり込んでしまった。同時に我慢していた吐き気が、ぐぅっとこみ上げる。

もうどうしようもなくて、リザは土を踏み固めた広場に嘔吐してしまった。朝から何も食べていなかったので、出てくるものは苦くて酸っぱい胃液、そして生理的な涙だった。

「ううう〜」

「大丈夫だ。全部吐き出してしまいなさい。楽になる」

丸めた小さな背中に、大きくて温かい手が添えられ、ゆっくりさすってくれている。

しかし、その時のリザは、ただただ苦しく、ひどい目眩に打ちのめされていた。

こんな情けなく、惨めな姿を誰にも見られたくない、消えてしまいたい。今の醜態は、リザの小さな自尊心を木っ端微塵にしてしまった。

だから、背中に何か暖かいものが掛けられたことにも気がつかなかった。

「あれま、坊ちゃん。大丈夫かね？」

近くで女の声がする。

「ああ、ただの馬酔いだからすぐに治る。さ、これを」

胃の中のものを吐ききったリザの口元に差し出されたものは、革袋の水筒だった。

「苦しければ飲まなくてていいから、口をすすいでごらん。気分が良くなるから」

そう言ってエルランドは、水筒の口金をリザの唇に含ませる。

水は冷たかった。一度口をすすいでから、もう一口含んで飲み下す。気持ちの悪かった口腔や喉に、一筋の清廉な水脈が通って行くのがわかった。

「お二人さん。旅人でござろう？　今夜の宿はこのハーリ村かい？」

「ああ。まだ日が高いが、そのつもりだ」

「なら、私のところにござれよ。このすぐ近くだよ。私一人がやっているだで、宿としては小さいが、うまいものを食わすよ」

「そうか。なら世話になろうか。早くこの娘を休ませたい」

リザが息を整えている間に、頭の上でそんな取り決めがなされていた。ちらりと見上げると、白髪まじりの中年の女だった。北方の訛りで喋っている。

「ありゃ、この子は娘っ子だよ。坊ちゃんじゃあなかったかいね」

大きな黒い上着が掛けられているリザを見て、女は意外に思ったようだが、ほっとすることに、それ以上は聞いてこない。

「じゃあ、すまんが女将さん、案内してくれ」

言うなり、エルランドは上着ごとリザを抱き上げた。

「う……あ、歩けます」

「そんな顔色で言うことじゃない。自分で言うのもなんだが、俺の方が馬よりは乗り心地はいいと思うぞ」

エルランドは大股で女の後をついて行く。よく慣れた馬は、手綱も引かれずに後をついてきた。

「ニーケが……」

「ああ心配するな。俺の配下なら、すぐにここを探し出す。それよりも」

「え?」

「今は俺たちのことが先決だ。我が……我が妻よ」

エルランドは低く言った。

「……わが、つま?」

リザは意味が理解できないまま、同じ言葉を繰り返した。吐いたので気分は幾分ましになったが、まだ体が揺れ続けているようで目が回る。

「ああ。だが、まずはあなたを休ませないと」

「こっちだよう」

女が案内したのは広場から程近い、だが、狭い通りにある家だった。

「このハーリ村には宿が二軒しかないんよ。ひとつは大きいんだけど、うちは狭くて三組しか客は取れないんさ。だけんど、ちょうど今は誰も客はいない。あんたたちの部屋は二階の東の部屋だよ。うちで一番いい部屋だで。すぐ水桶を持って行くから、休んでたらええ」

そう言って宿の女将は、厨房に入って行く。エルランドはリザを抱いたまま、階段を上がった。その部屋には寝台が二つあり、窓際の方にリザは下ろされた。

「気分は？」

「……まだ少し」

どんな風に彼に接したらいいのか、さっぱりわからないリザの言葉は少ない。しかし、エルランドは気を悪くした様子はなかった。

「横になるか」

小さな頷きを見たエルランドは、身を屈めてリザの靴に手を掛けた。

「え!?」

「靴が足に合ってない。こんな靴で旅をしていたのか」

リザが慌てて足を引っ込めようとするのを止めながら、エルランドは呟いた。

「……」

オジーの古い靴なのだから仕方がない。リザは旅行用の靴など持っていなかったのだ。

その時初めて気がついたが、リザはエルランドの大きな上着を巻き付けられ、その上から毛布を掛けられている。その下には引き裂かれたシャツだけだ。

バルトロに放り投げられた時、シャツをはだけたままでエルランドに受け止められたのだ。自分がどんな格好でいたかと思うだけで身が竦む。同時に、急に自分の体がどうしようもなく汚く思え、リザは思わずぞっと身を震わせた。

「どうした？　震えている。寒いのか？」

リザはふるふると首を振る。

勝手にラガースの宿を逃げ出し、怪我をしたニーケの負担を重くした。その上、愚かにも、ならず者の甘言に騙されて、思い出すのも汚らわしい仕打ちを受けたのだ。

──顔も、首も、腕もあいつに触られた！

──汚い！　気持ちが悪い！

体の震えが止まらない。

意に反して体に触れられることが、これほどの嫌悪感をもたらすのだと、リザは生まれて初めて知った。

──エルランド様は、私があの男に触れられているところを見たかもしれない。いいえ、きっと見られてしまったんだわ！

そのことは、リザに非常な嘆きを味わわせた。

両の手で顔を覆い、リザは体を丸める。今、一番そばにいてほしくない人に、世話をされていることに耐えられなかった。

再会してから彼には、自分の醜いところしか見せていない。

――もう、このまま消えてしまいたい！　どうして私、こんなことになってるの？

兄上に逆らって逃げた私が悪かったの？

「……まだ、気分が悪いか？」

靴を脱がし終えたエルランドは、心配そうにリザを覗き込む。

「ほ、放っておいて！　見ないで……あっ！」

うつむくリザの視界に、エルランドの上着の裂け目と、その周囲を汚す染みが目に入った。

「こ……これって血!?　あなた怪我を！」

ニーケを見て、我を忘れて飛び出したリザを庇った時、斬り付けられた傷だ。

「リザ！」

「ああああ！」

リザは、顔を覆って身をよじった。指の間から涙がぽろぽろこぼれる。

「全部私が悪いの！　みんなを巻き込んで、こんな怪我までさせて！　私は汚いの！　汚いのよう！　わあああ！」

「リザは悪くも、汚くもない！」

エルランドはリザの肩を掴み、自分の方を向かせる。

リザは、涙で汚れた顔を見られたくなくて、首をよじりながら叫んだ。

「ごめんなさい！　ごめんなさい！　私が悪かったの！」

「違う！　悪いのは俺だ！　領地にかまけてあなたを放っておきすぎた！　すまない、本当にすまなかった！」

その声があまりに真剣だったので、リザはうっかり彼の顔をまともに見てしまった。記憶にある金緑の瞳が、恐ろしいほど真剣に自分を見つめている。

——え……あれ？

リザは混乱した頭で思った。

——この人、私に触れている。肩を掴まれている。

——なのに、私——嫌じゃない。いったいどうして？　あの男に触れられた時は、凄く気持ち悪かったのに……まるで、この大きな掌があの感覚を、打ち消してくれているような……？

「リザはリザのまま、何も変わってない」

「……」

リザは涙に濡れた瞳で、エルランドを見つめ返した。息が頬にかかる距離にいるのに、不思議と怖くない。彼に触れられたところから温かいものが流れ込み、凝り固まった体と心を解していくようにすら感じる。

「ほ……んと？」

「ああ、そうだ！　安心していい。傷だってかすり傷だ。ちっとも痛くない。ほら」

エルランドはリザを安心させるように、大きく手を振ってみせる。

その時、ノックもせずに女将が手桶を持って現れた。

「ほらお水だよ。冷たいよ。あらあら、お嬢さんは泣いているのかね？」

「ありがとう女将さん。この人はひどい目にあったんだよ。すまないが、この娘が着られるような服はないか？　金は払う」

「ああ。嫁に行った娘のお古ならあるかねぇ？　見てくるよ」

女将が出て行ってから、エルランドは手桶に添えられていた清潔そうな布を水に浸すと固く絞って、リザに差し出した。

「さぁリザ、これで顔や体を拭きなさい。俺は向こうを向いているから。それとも手伝おうか？」

リザは黙ったまま、布を受け取った。エルランドの最後の言葉は冗談だったらしく、彼は入り口近くの椅子の向きを変え、こちらに背中を見せて腰を下ろした。

リザは布で顔を拭った。それからバルトロに触れられた頬や肩、首筋を強くこすった。いったん拭きだすと止まらない。何度も何度も布を絞り、彼に触られた部分を、赤くなるまで擦り続ける。

「あまり強くこすると肌が痛むぞ」

背後の激しい水音をなんと聞いたか、エルランドが扉の方を見ながら注意する。

しかし、リザはその言葉を無視して、気がすむまで体を清めた。

「ほら服だよ。それから、飲み物を持ってきた」

女将が再び顔を出す。その手には生成りの木綿の服と、湯気のたつカップが二つのった盆があった。

「感謝する。重ねてすまないが、この子の着替えを手伝ってやってくれないか?」

「ああいいよ。おや、シャツがぼろぼろじゃないか。怪我は……ないようだね。でも、肌が真っ赤になってるよ」

女将は何か察したようだが、やはり何も聞かずにリザの着替えを手伝った。

自分でできると言いたかったリザだが、体力と気力が尽き、ふらふらするので大人しく女将に従った。女将は慣れた手つきで、リザの手が届かないところまで全部ふき清めてくれた。

「ありがとう。おばさん」

体を拭って服を着替えると、よほど気分がよくなった。生成りの服は、大きすぎて肩が落ちかけたが、体を締めつけなくてかえっていい。

「ああ、これは別嬪さんだ。さっきは坊ちゃんなんて言っちまって悪かっただよ。ああ、お兄さん、あんたもお茶をお飲みよ。生姜入りだからあったまるよ。ほいで食事はどうするね」

「俺は頼む。リザはどうする？」

まだ何も食べられそうになかったので、リザは小さく首を振る。

女将は愛想よく頷いて、階下に下りて行った。二人は視線を交えずに黙ってお茶を飲んだ。お茶は濃くて熱く、飲むと体が温まり、ふんわりと眠気がおりてくる。

「たくさん話をしなければならないが、まずはリザが元気になってからだ」

「……あなたはここに？」

うつむいたまま、リザは尋ねる。

「いるよ。さぁ横になりなさい」

質素だが、寝心地がよさそうな寝台の誘惑に勝てそうにない。リザは素直に身を横たえた。たちまち眠りの波が押し寄せてくるが、その前にひとつだけ聞いておかねばならないことがある。

「いつ私だとわかったの？」

「……すまない。最初はわからなかった。リザはすぐに俺だと気がついたんだろう？」

「ええ」

だからこんなにも辛かったのだ。

戸惑い、好きだと自覚し、捨てられるくらいなら逃げだそうと決意するほどに。

「俺は本当に愚かだった。頭の中で、リザは絶対に王宮から出られないという思い込みがあって……離宮でオジーに会った」

「オジーに!?」

「ああ……雷に打たれたように感じた。俺が馬鹿だったよ……さっき、リザを受け止めた時、瞳の中に空が見えた」

「空?」

ふわふわした感覚に浸りながら、リザはぼんやりと尋ねた。

「ああ……イストラーダの空の色が見えた。俺の空だ……リザ、本当に間に合ってよかった……」

エルランドはそう呟くと、横になったリザの半身をふわりと抱きしめる。

「生きてる……本当に良かった。リザ……リザ!」

——ああ、温かい。

この温もりは知っていた。少しぴりっとする森の匂い、そして深い声も、昔から知っているものだった。

——もう、リオなんて名前ではなく、リザ、と私の名を呼んでもらえるのだわ……。

安心したリザの体から力が抜けていく。眠りの霞が頭の中にかかるのは、とても気持ちがよかった。

低い声が何かを囁いている。

もっと聞いていたかったが、リザの意識はもう浮上しなかった。

最後に触れたのは耳元で囁かれる声と熱い吐息。その声はこう言っていた。

「おやすみ、リザ」

◆

リザは眠ってしまった。

布団をかけてやろうとしたエルランドは、リザの首や肩に、いくつもの赤い痣を見つけた。布でこすったときについたものもあるが、色の濃いものは明らかに男の指の痕だ。

「おのれ……」

今頃は街道警備に引き渡され、牢に入れられただろうバルトロに、激しい怒りがこみ上げる。

しかし、この娘に長い間、ひどいことをしていた男は、他でもない自分であるということに思い至る。エルランドは拳をきつく握り締めた。

「……本当にすまなかった……こんなになって……俺のせいで」

胸が絞られるように痛んだ。こんな思いは、父が亡くなったとき以来だった。

「リザ……リザ」

短く美しい響きを持つ名が唇からこぼれる。

宙を飛んだ体を受け止められたのは幸いだった。エルランドの到着があと少し遅れていたら、大怪我をしていただろう。

「く……」

あの瞬間の、心臓を抉られるような恐怖がよみがえる。

しかし、彼の腕の中で気を失いかけながらも彼女は勇敢だった。この娘は、侍女を助けるために刃を持つ男に向かって行ったのだ。

軽い体を受け止めた時、エルランドは見開かれた瞳の色に一瞬目を奪われた。

それは五年前の儀式の折に覗き込んだ瞳。一瞬で彼を魅了したあの深く透明な藍。

その瞳は今、密生した睫毛に縁取られたまぶたに閉ざされている。

エルランドは乱れた黒髪をそっと撫でた。その指は髪から頬、そして唇に触れていく。

「……」

不意に体の奥に火が灯る。それは辺境統治の多忙さで、久しく忘れていたものだった。

——やはり、あなたは俺にとって、相変わらず危険な存在だな。

五年も前に一晩だけ一緒に過ごした娘。あの頃でさえ、リザには彼を引きつける魅力があった。

今でも華奢で小さいが、その体は確実な成長を遂げている。すんなりとした首筋になだらかな肩。だぶだぶの襟元から覗く丸みは確実に女のものだ。抱き上げた拍子にシャツから覗いた、優美な曲線は一瞬で目に焼き付いてしまった。

「馬鹿な！」

エルランドはかなりの努力をして、白い肌から目を逸らした。

自分には彼女に触れる権利などない。彼女が起きていたら、こんな風に見つめることも許してくれないだろう。

リザはエルランドの懊悩など知らず、ぐっすりと眠っていた。

あの夜と同じように、甘い吐息をこぼしながら。

——いつか、夫としてあなたに触れられる日が来るまで、俺はあなたに償い続けよう。

——それまで、どうか心やすらかに……リザ。

「……ん」

小さく身じろいだリザがうっすらと目を開ける。だが、布団の上からエルランドにぽんぽんと叩かれて、そのまぶたは再び閉ざされた。安心したように深い吐息を漏らし、もう一度深い眠りに入っていく。

「安心していい。俺があなたを守るから」

心の中に熱いものがこみ上げるのを、エルランドは止めることができなかった。


次にリザが目覚めた時、窓からは斜めに陽が差し込み、部屋は暖かな光に満ちていた。

「うん……朝？」

あれからぐっすり眠っていたようだ。深く眠っていたからか、体がひどく重く、腰が痛い。

寝台の横には衝立が置かれていた。眠る前にはなかったものだ。

「エルランドさま……？」

思い切って呼んでみたが答えはない。

しかし、窓の外からは人の気配が伝わってくる。

──私、ならず者に捕まって、放り投げられたんだわ。もうだめだと思った時、エルランド様に助けられたような気がしていたけど……もしかして、それって夢だったのかな？

実はまだ私、悪者に捕まったままなの？　それとも今までのことが全部夢で、ニーケと二人、旅の途中なのかしら？

はっきりしない頭でのろのろと身を起こしたリザは、自分がひどく喉が渇いていることに気がついた。それに小用を足したい。

そろりと寝台を下り、衝立を回っても誰もいなかった。さっきは誰かがここにいると言ったのではなかったか？

リザは素足のまま、ぺたぺた床を踏んで廊下に出たが、そこにも誰もいない。いつもそばにいるはずのニーケの姿もなかった。

この部屋は廊下の突き当たりにあるのだが、まっすぐ進むと反対側の端に、小さな扉があった。開けてみると、予想通りそこは厠だった。リザがとりあえず生理的な問題を解決し、手水で手を洗って再び廊下に出ると、部屋の方に人の気配がした。

「誰かいるの？」

急いで部屋に戻ると、椅子に座っていたニーケが振り返った。いつのまにか衝立は取り払われている。

「ニーケ！」

「リザ様！」

足を引きずりながら飛びつこうとするので、リザは自分から駆けより、半日会わなかった友人を抱きしめる。

「ニーケ！　ごめんね！　無理ばかりさせてごめんなさい」

「リザ様こそ、ご無事でよかった……！」

二人の娘がお互いの頬を両手で挟んで喜び合うのを、二人の男たちが見守っている。

エルランドとセローだ。ニーケの肩越しに二人を見たリザだが、エルランドと目が合った途端、恥ずかしくなって、そっと目を伏せる。

——夢じゃなかったんだ……私、本当にこの人に助けられたんだわ。

その事実はリザをひどくほっとさせた。

「部屋にいなかったから心配した」

用足しとは言えず、リザがうつむくと、包帯が巻かれたニーケの足が目に入った。

「ニーケ、足はどうなの？　まだ痛む？」

「いいえ、今日はだいぶましです。すみません。無理をしたのが響いたらしく、あの後また腫れてしまって。しばらく休んでからセローさんが馬に乗せてくれたんです。村のお医者様にも診せてくださって、このお部屋にも抱えてきてくださいました」

「そうだったの……」

リザもエルランドに抱き上げられて、ここまできたことを思い出した。

「私、疲れて眠ってしまったの。迎えに出てあげられなくてごめんなさい」

「無理もないですわ。このところずっと緊張のし通しでしたし、一昨日はあんなに大変な目にあって……」

「一昨日？　昨日でしょ？」

「え？」

「リザ」

割って入ったのはエルランドだ。彼はリザを抱きあげ、寝台に座らせる。彼は旅装を解いていて、新しいシャツと胴着だけの軽装だった。薄い布越しに、彼の体温が伝わってくる。

「あなたは丸一日以上眠っていて、今は翌々日の昼すぎだよ」

「私は……いったい」

「え……えぇっ⁉」

リザは驚いて自分を取り囲む人たちを見回した。

「エルランド様のおっしゃる通りです。私がここに到着したとき、リザ様は眠っていらして、朝になっても起きないのでお医者様に来ていただいたんです。そしたら疲れて眠っているだけとおっしゃって、時々水を含ませるようにって」

隅のテーブルには水が半分ほど入った水差しと、吸い飲み、木綿の布が置かれている。

「……」

リザが見ていると、エルランドが残りの水をコップに入れてリザに差し出した。

「飲みなさい。喉が渇いているだろうから」

言われてリザは、喉が渇いていることを思い出した。黙ってコップを受け取り、まだ少し冷たい水を飲み干す。

水は火照った体に沁みわたり、リザはようやく自分がどれだけ渇いていたか理解した。しかし、渇いているのは体だけではないのだろう。

「部屋を留守にしてすまなかった。ずっとついていたんだが、ニーケをここに連れてくるために、ほんの少し不在をしてしまった」

「……あなたがついて？」

つまり彼は、リザが眠る前に言っていたことを、きちんと実行してくれていたのだ。

「足の怪我もあって、私の部屋は一階なので、こちらに運んでもらっていたんです」

「それは……二人そろって大変なご迷惑を……」

「迷惑なんかじゃない」

エルランドは即座に否定した。

「それよりリザ、腹は減っていないか？　ずっと眠っていただろう？　何か食べたいものはないか？」

食事と聞いて、リザは丸一日以上何も食べていないことを思い出した。バルトロに襲われた後は、何も食べる気がしなかったが、食事と聞いて急に空っぽの胃が空腹を訴えている。

「あの……ではなにか、スープでも」

「わかった。すぐに運ばせよう。ニーケの分も」

すぐに温かい食事が運ばれ、二人が食べ始めると、男たちは遠慮して一旦下がった。

料理はとてもおいしかった。

ずっと飲まず食わずだったせいもあるが、野菜と肉をとろりと煮込んだ赤いスープは絶品で、パンを浸していくらでも食べられるような気がした。

食事の間、ニーケは何も聞こうとしなかったが、満腹になり、手や口をすすぐと、どうにか人心地ついたので、リザは路上で別れてからのことを話して聞かせた。

「……そうだったのですか。あの方は、リザ様が最初から、エルランド様だと気がついていたことを知られたんですね」

あまり要領を得ないリザの話だったが、ニーケは概ね理解したようだった。窓の外はすっかり暗くなっている。

「それでリザ様は、どうされるおつもりなのです？」

「どうかしら？　あの方は離縁の話をしたいと思っているのだろうけど、私がすっかり参っていたので、とりあえず保留にしてくれているんだと思う。きっと、今日にでも申し渡されるのだわ」

「お受けになるのですか？」

「受けるもなにも、私に選択肢なんかないわ。兄上と、あの方とでお決めになったことでしょう？　もしかしたら王都に送り返されて、シュラーク公爵様と結婚させられるのかもしれないし」

「そんな！　やっとここまで逃げてきたのに！」

「ええ。だからこんなところで再び出会ったことが、私の運命かも……って、思っていたところなのよ」

「……」

「でも、見逃してほしいって、頼んでみるつもりではいるの。あの方は悪い男から助けてくれたし、五年前に会った時も、私に同情的だったような気がするもの。哀れみなんか、いらないけれど、このまま王都に連れ戻されるくらいなら、なんだってするつもり」

「確かに、お仲間の方々も、いい方ばかりですわ。特にセローさんにはお世話になったし」

ニーケは大きく頷いた。

「ええ。あちらから見れば、私なんか王女という肩書だけ持った厄介者だけど、少しは意思があるってことを伝えたい。私だって、全ては兄上たちの言いなりにはならないと決めて、こんなところまで来たのだから」

そう話している間に廊下から靴音が聞こえたので、リザが扉を開けると、エルランドとセローが立っていた。

「食事はすんだか？」

「はい」

「おお！　きれいに食べられましたね。俺たちも下ですませました。じゃあ、主がリザ様に話があるようなので、ニーケさんは、俺と下の部屋で控えていただけませんか？　あ、食器は俺が下げます」

セローがてきぱきと机の上を片付けて廊下に出すと、ニーケが何にも言えないでいるうちに、ひょいと抱き上げて廊下の向こうに消えていった。

「……」

後にはリザとエルランドが残された。

――いよいよこの時が来たんだ。何を言われても受け止めてやる。でも、全部言う通りにすると思ったら大間違いよ！

リザは、背の高い男を睨みつけた。

「……やっと話ができる」

エルランドはリザを見つめながら、さっきまでニーケが座っていた小さめの椅子に腰を下ろした。

「あなたも座って」

リザも彼から視線を外さずに席についた。

逃げてはいけないと姿勢を正し、彼の顔――額の真ん中あたりをじっと見つめる。

改めて見る彼は、一層精悍な顔つきになっていた。

落ちかかる前髪をさらりと後ろに流している。以前見た、左の眉の上の傷は少し薄くなったようだが、額や頬には細かい傷がいっぱいついていた。中には新しいものもある。

鋭く整った容貌は、無慈悲で冷徹な印象を、対峙する者に与えた。

しかし、リザは彼を怖いとは思わなかった。以前そうだったように。

――たとえ離縁を申し渡されるにしても、あのメノム侍従や兄上から聞かされるよりかは、よっぽどいいわ。

――だけど、素直に王都には帰らないから。

「まずはお礼を申し上げます。助けていただいて、ありがとうございました」

リザの声は硬い。エルランドは、しばらく難しい顔をしてリザを見つめていたが、やがてゆっくりと口を開いた。

「目が黒い」

「……は？」

さぁ来いと身構えていたのに、想定外の言葉に、リザの眉が思い切り寄せられた。

二人の視線が正面から絡み合う。

「あの馬鹿馬鹿しい結婚式で一番印象的だったのは、あなたの美しい瞳だった」

「うつくしい？　私の目は黒いわよ。カラスだもの」

「いいや。陽の光を受けた時、あなたの瞳は、びっくりするほど透き通った藍色になるんだ。自分ではわからないか？」

「知らないわ。言われたこともない」

リザは素っ気なく言った。

「あなたは、私の目のことを話すためにここにいるの？」

「……いや」

エルランドは目を伏せ、ひとときの睨み合いは、リザの勝利で終わった。

「あなたに、リザに謝罪するために、俺は今ここにいる」

「謝罪」

「そうだ……あなたを五年も放っておいてすまなかった。心からお詫びする」

エルランドは再び強くリザを見つめて言った。

「まずはこれを言いたかった。何をおいても、ここからはじめないといけないと、ずっと考えていた」

「……はじめる？」

——これから何がはじまるというの？　これは終わるための話ではなかったの？

リザは首を傾げた。

「しかし、あなたは俺を許さなくていい。それだけのことを俺はした。だが、謝罪せずにはおれないから、俺は謝る。何度でも」

「……」

「これは誓って本当の話だが、俺はあなたに何度も手紙を書き、金を送っていた。時々は……領地でとれた宝石の原石や、毛皮を贈ったこともある」

「手紙？　お金？　宝石？」

そんなものは一度も届いたことはない。リザがそう言おうとすると、エルランドはわかっているというように頷いた。

「ああ、届かなかったのだろう？　知っている。俺は一昨日、王に会って確かめた。どうやら、俺から送ったもの全ては、どこかで握りつぶされていたらしい」

「……え？」

リザは目を見張った。そんなことがあるのだろうか？

「これは嘘偽りなく本当だ。放って置いたのはまちがいないが、俺はあなたを忘れていたわけではない。信じてほしい」

「……手紙をくださったの？　何度も？」

「ああ。ここ数年は、好きなものを買うようにと、金貨を同封していた。五年前あの離宮を見て、あなたが王宮から十分な支援をされていないと思ったから。あなたからの返事が届かないのは、そのせいだと思っていた」

「……」

リザは、手紙を書くと言ったエルランドの言葉を最初の頃は信じていた。しかし、いつまで経っても何もこないので、自分は見捨てられたと思い込んでいたのだ。

「だが、それがかえってよくなかったのだろう。あなたへの手紙は全て打ち捨てられ、金は誰かに着服されていた。俺としては、それをしたのが、ヴェセル王自身でないことを祈るばかりだが。最近の手紙には、領地イストラーダも安定しはじめたので、近々あなたを迎えに行きたいと記した。それもきっと中身を見ずに捨てられていたのだ」

「……わ、私は何も知らなかった」

リザは自分も何か伝えなければと思い、懸命に言葉を探す。

「先日メノム侍従が来て……キーフェル卿……あなたとの離縁が決まったと言ったの」

「メノム！　あの腹黒い蛇めが！」

エルランドは吐き捨てるように言った。

「メノムが言ったのはそれだけ？」

「いいえ……離縁の後は、シュラーク公爵様という方に嫁ぐようにと言われて……王宮で準備をするから戻るようにって」

「ああ。俺のところにも使者が来た。同じように離縁届に署名をしろということだった。俺は署名せず、使者が着いたその日に急いで王都に上った。あなたを……リザを、放って置き過ぎたと後悔したからだ。その途上で、リザと会ったのは、完全に偶然だった……。

馬鹿な俺は、あなたと気づかなかったんだ……」

それは、これ以上はないというくらい、苦々しい懺悔だった。

「しかし、どうしてだか、リオが気になって仕方がなかった。なのに俺が助けたのは少年だと思い込もうとしていた。だぶだぶの服を着て、顔を隠したあなたのことを」

「だから一日出立を延ばしたの？」

「そうだ。でも、あたりまえだが、あなたは俺を見ようともしない。疑惑と否定が次々に湧きだし、胸が疼いて苦しかった。だから、夜明け前に王都に向かったんだ」

「ええ……待っていろって言われたのに、あの時はもう私、逃げようと決めてたの」

「そうだな、無理もない……王宮で王と会い、一晩の猶予をもらった俺は、すぐにあなたが住んでいた離宮に忍び込んで庭師のオジーに会った。彼と話してはじめて俺は、リオがリザだと知った」

「そういえば、眠る前にそんなことを聞いたような……それで、オジーは元気だった？」

知った名前を聞いて、緊張していたリザは肩の力を抜いて頬を緩めた。

それを見たエルランドは、自分はオジー以下なのだと思い知る。

「ああ。そして当然ながら、彼は俺に怒っていた。話をした後、俺はすぐに王宮に取って返し、休息中の王を謁見に引きずり出した」

「まぁ！　兄上様を？」

リザはあの兄が休息を妨害されたと聞いて、少しおかしくなった。ヴェセルはさぞ不機嫌だったことだろう。

「そうだ。そしてリザとの離縁と、再婚をなかったことにさせた。まぁいろいろと悶着はあったが、約定を取ったからまちがいない」

そう言ってエルランドは、上着の内側から細長い筒を出し、中身を広げた。そこには彼が今言ったことが記され、見覚えのある兄の凝った筆跡で署名がなされている。

「リザ……正直に言ってほしい。あなたは俺を恨んでいるか？　あなたを五年も放っておいた上に、こんな危険にさらしてしまった俺を」

エルランドは真剣な顔でリザに尋ねた。

「恨む……？」

リザは恨むという言葉の意味を考えてみる。

——私はこの人を恨んでいたのだろうか……？

——恨む、憎む、厭う……。

考え込んだリザを、エルランドがじっと見守っている。

やがてリザは短く言った。

「いいえ」

——違う。私はそんな暗い気持ちをこの人に持ったことはなかった。いつもいつも、それは毎日思い出してはいたけれど。

リザはまぶたを伏せ、そっと胸を手で覆った。

──私がずっと感じていたのは……。

「痛み」

リザはエルランドをまっすぐに見返した。

「……痛みだわ」

痛みを感じるのは傷があるからだ。思い出しては打ち消しての繰り返し。その内、寂しさよりも諦めが勝って、心に瘡蓋ができた。触ってはいけないのに、触ってしまう瘡蓋。

それは五年の間、積み重なって、次第になにも感じなくなった。

だが、その下には脈々と熱い血が流れていることを、リザはまだ知らない。その熱さには別の名前があることも。

「私は諦めていたの」

リザははっきり応えた。

「あきらめた……」

「そう。私を欲しがる人など誰もいない。だから、あなたもそうだと思ったの」

リザは感情を交えないように気をつけながら言葉を紡ぐ。

今まで誰にも打ち明けられなかった想いを。

「そう思われても仕方がないことを俺はした。この五年間、自分の領地を治めるのに必死だった」

「昔もそう言っていたわ」

「リザはあの頃から、俺との約束を信じていなかったのだな」

「信じるものは少ないほど、傷も少なくてすむの。だけど……思い出さずにはいられなかった。たったひとつの思い出だから」

淡々と話す王女の言葉を、痛々しい気持ちでエルランドは受け止めた。

「私はずっと思い出していた。それがあたりまえになるくらいに。再婚なんてしたくなかった。だから王宮から逃げたの。でも、その途中であなたに出会ってしまった。私はびっくりして、混乱して……でも私だと知られたくなくて」

「宿から逃げたのは、俺から逃れるためか？」

重い問いかけに、リザは深く頷いた。

「ごめんなさい。無知な私が浅はかにも飛び出して、あなたに怪我をさせて方々に迷惑をかけたことは、申し訳ないし、恥ずかしいと思っています。でも……あなたに離縁されるものと思っていたから……私だと知られない内に姿を消したかったの」

リザは暗い窓に映る自分の姿を見た。

肩にやっとつくくらいの短い髪、ぶかぶかの服を着た、みすぼらしい自分を。

「だってそうでしょう？　置き去りにされた妻が、離縁しようとしている夫に、今さらどんな顔をして会えばいいというの？」

「……そうか、あなたの方から見ればその通りだな。俺は考えもしなかった……」

「でもそれだけじゃないわ」

リザはどんどん言葉が飛びだす自分に驚いている。

こんなことは初めてだ。けれど、止まらない、止めたいとも思わなかった。全部ぶちまけてしまうのは今しかない。

「私は運命からも逃げたかった」

「運命？」

「ええ。今まで私は誰かに逆らったことなどなかった。だけど、一度だけでも抵抗しようと思ったの……前にあなたが言ったように」

「……」

エルランドは今や、リザの言葉に聞き入っている。

「全ては言いなりにはならない。昔、あなたが教えてくれた言葉よ」

「……確かに、そう言った。あれは自分に言い聞かせた言葉だった」

「ええ。でも私だって自分で考えて行動したかった。五年の間にほんの少しだけど、自分で花を育てて絵を描いて、世間を見たわ。でも……結局は馬鹿な小娘の、自己満足だったのよ……私は何もできない、役立たずのまま。そう」

何かが心の下からせりあがってくる。

それは吐き出さないといられないほど、大きな塊だった。

「誰にも欲しがられない、厄介者の醜いカラスなのよ！」

「違う！」

エルランドが立ち上がる。振り仰いで見上げるほどに大きい。しかし、リザは少しも怖くはなかった。

「違わない！　あなたも兄上と同じ！　だから私は、一人で勝手に生きていこうと思ったの！」

「リザ！」

目の前に、緑の目がある。幾度も幾度も、宝箱を開けるように思い出していた色が目の前に。

「どうして……なぜ！」

五年前の出会い、五年間の孤独、そしてここ数日の様々な出来事が一気に溢れ、リザはもう心にふたができない。

「なぜ今になって、私の前に現れたの⁉」

「リザ……」

「私はとっくにあなたに見切りをつけたのに。今さら私を助けたりするなんて！」

再び出会ってしまった。

「リザ」

「教えて。あなたは私をどうするつもり？」

それが一番聞きたかったことだった。

リザの瞳は珍しいほどに黒いが、その黒さが鮮やかに変わる瞬間を、エルランドは知っている。

しかし、今の彼女の瞳は、星のない夜のように暗く、その中に自分が映り込んでいる。

「リザ、俺は」

エルランドはテーブル越しに腕を伸ばし、リザの肩を掴んだ。がっしりと掴まれ、リザはやや怯んだが、強い気持ちで目の前の男を見つめ返す。

「今さらと思われるかもしれないが……俺は、リザを、俺の領地に連れて帰りたい」

「え……？」

「リザに、俺の治める土地を、イストラーダを見せたい」

ゆっくりと自分に吐かれる男の言葉を、リザは正面から浴びた。

「これが、俺がリザにしたいことだ」

強い金緑の瞳に射られながら、しかし、リザはまだ負けるわけにはいかなかった。

「だけど！」

「だけど？」

「会いたい人がいるのでしょう？」

エルランドの言葉から、今回の離縁の顚末が兄の思惑だったことは理解できたが、リザには肝心のエルランドの気持ちがわからないのだ。

「会いたい人がいるって、前に！」

空色の瞳の貴婦人。

「ああ。そうだったな。会えたよ、今」

「え？」

「その人は俺の目の前にいる」

エルランドは立ち上がって、リザの前に膝をついた。

「あれは私のことだったの？　でも貴婦人って……」

「リザは立派な貴婦人じゃないか。こんなに綺麗で優しくて、そして勇敢だ」

「私……貴婦人」

呆気にとられてリザは言葉もなかった。その様子を見てエルランドは少し笑った。笑うと目頭に小さなしわができて、ひどく優しく見える。

「これはもういらないな」

エルランドは上着から無造作に折り畳んだ紙を取り出し、リザの目の前に広げた。

元は筒に納められていたものだろうが、乱雑に四つに折られている。先ほどの書状とは全然違う扱いだ。

それはリザとエルランドの五年間の婚姻関係を解くことを示したもので、一番下に王の署名と印璽。更にその下に空白があったが、そこには何も記されていない。

その空白が二人の署名する場所だろう。

「最初から俺は署名してない。リザもしないでくれ」

言いながらエルランドは、リザの目の前で王からの書状を破り捨てた。紙の欠片がひらひらとテーブルや床に舞い落ちる。

「リザと離縁したくない。許してもらえなくても夫婦でいたい」

「……ふうふ」

「これが本当の気持ちだ。だが俺は、自分の罪をこの紙切れのように破り捨ててはいけないと思っている。リザ、イストラーダに行こう。いや……」

エルランドはリザの手を取った。

「リザ。俺と一緒に来てほしい……いや、どうか共に……共に来てはくれまいか？」

「共に……？」

「今度こそ、あなたを幸せにしたい」

――しあわせ？

――しあわせって、何？　私は、そういうのに、なれるの？

「俺は俺の過ちを認め、償う。姫よ、どうか我が願いを聞き届け給え」

「……はい」

頷いたのは無意識だった。リザは目の前の金緑に見惚れていたのだ。

「ありがとう」

エルランドはわずかに目を細め、頭を垂れた。

「……ありがとう、リザ」

「でも、他に行くところがないからよ」

リザはほんの少し意地悪く言った。本当はとても嬉しかったのに、なぜだか素直に言葉にできなかったのだ。

「今はそれで十分だ。ああ、ずいぶん遅くなったな」

いつの間にか、陽がすっかり落ちている。話をしている間に、だいぶん時間が過ぎたようだった。

「もう休もう」

「え？」

リザは思わず寝台を振り返った。確かにこの部屋には二台の寝台がある。

「で、ではニーケを呼び……」

「ニーケは下の部屋で寝る。それは昨日説明して、彼女も納得している」

「……」

「ここは昨夜から、俺とリザの部屋だ」

「まだ眠くないわ。あれだけ眠ったのだもの」

リザは精一杯元気に見せて胸を張る。しかし、急に自分の姿が気になった。ずっと横になっていたので、髪もくしゃくしゃのはずだ。一昨日は、肥料袋の山によじ登ったのだから、臭いが残っているかもしれない。

「寝たくないなら、横になっているだけでいい。こんなものですまないが、よかったら俺の顔を見ていてくれ」

エルランドは、乙女の繊細な気持ちなど知らぬげに言った。

「だが、明日は早いうちに東に向けて出発する。少しでも休んでおきなさい」

「……」

「心配はいらない。俺は何もしないし、リザが嫌なら真ん中に衝立を立てる」

「なにもって？　なにかするの？」

「……してほしいのか？」

「意味がわからないわ」

今度はエルランドが黙る番だった。

「そうか。あなたの時間は、あの夜から止まったままなんだな」

「そんなことはないわ。私だって少しは大人になったもの」

「いや、いい。俺たちはまだはじまってもいない」

――そう、あなたにはまだなにも生まれていない。俺への共感も、信頼も、そして愛も、なにもない。

――あるのはただ、この時間と空間だけだ。

「そうだ。これを返しておこう」

エルランドが手渡したのはリザの小刀だ。

昔、彼にもらい、リザが植物を剪定するのに使い、旅立ちに際し肌身離さず身に着けていて、ならず者から逃れるために使ったもの。

「干し草に埋もれていたのを見つけた。あ……いや、洗ってあるから綺麗だよ」

エルランドは、リザの目に恐怖の色が浮かんだのを見て慌てて言った。

「もう要らないなら俺が処分しておくが」

「要るわ」

リザは彼の言葉に被せて言った。

「これはとても役に立つの。大丈夫、怖くないわ。あなたがくれたのだから、これは私のものよ」

「そうか……ありがとう」

リザの手を取り、小刀を握らせながらエルランドが頷く。

「さぁ。休もう。あなたはこの水桶を使うといい。身支度は一人でできるか？」

「できます」

リザは頷いた。世間知らずで愚かかもしれないが、身の回りのことはなんでもできる。そうせざるを得ない育ちだったのだから。

「ならいい」

エルランドはそう言って、隅に片付けられていた衝立を引っ張り出そうとした。

「衝立は要りません」

「いいのか？　俺は着替えるが」

「別に見たりしないわ」

リザは横を向き、さっさと水で顔と手をゆすいだ。近くでしゅっしゅっと布が擦れる音がする。エルランドも着替えているのだ。

「灯りを消そうか？」

声に振り向くと、エルランドはすでにシャツだけになっている。リザと同じ木綿の生成りだ。

「……」

リザは彼のシャツの袖に違和感を覚えた。二の腕の部分が不自然に膨らんでいる。包帯を巻いているのだ。今さらながらリザは、自分のしでかしたことの重大さにうつむいてしまう。

「リザ？　どうした？」

「その怪我……痛むでしょ……」

「いいや。言ったろう？　ただのかすり傷だ。戦士なら気にもしないものさ」

「本当にごめんなさい。私、偉くもないのに、自分のことばかり……ニーケもあなたも、馬鹿な私に振り回されて……ごめんなさい」

「リザは馬鹿なんかじゃない。勇気があって、人の痛みがわかる優しい娘だ」

「……」

小さな水滴が白い頬を滑り落ちる。

「私は本当に、誰にも傷ついてほしくなかったの……」

「……お願いだ、リザ、泣かないでくれ。あなたに泣かれると、俺はどうしていいかわからない。あなたの痛みは俺の痛みだ……どうか泣かないで」

エルランドは静かに涙を流すリザを抱き上げ、寝台に腰を下ろした。そしてそのまま、動くことはなかった。

――こんなに細くて軽い体で、この人は誰にも守られずに生きてきたのか。

――心の痛みとは、分かち合うものだと知ることもなく。

やがてすすり泣きが止み、リザは彼の腕の中で小さく身じろいだ。

「もう大丈夫だな、リザ。涙が止まったか？」

「怪我……本当に痛くない？」

洟をすすり上げてリザは彼を見上げる。

「ああ。戦場ではもっとひどい怪我をしたこともあるよ。傷痕を見るか？」

「……」

リザは恐ろしげに首を振った。目も鼻の頭も濡れて赤い。

エルランドは腕を伸ばし、水差しに掛けられた布を取ってリザの濡れた頰を拭った。リザは大人しく、されるがままになっている。

「あなたはまだ、とても疲れている。だから感情的になるんだよ。もう一度言うが、リザは悪くない。悪い奴らにはしかるべき処置をとった。これからあなたを守るのは俺の役目になるんだ」

「役目？」

「ああそうだ。小さな妻を守る崇高な役目だ。だから安心してお眠り。隣の寝台で俺も寝るから」

そう言うと、エルランドは布団をめくり、リザを横たえた。

「火を消すよ」

エルランドがランプの灯を消すと、途端に部屋は優しい暗さに満たされる。この闇は怖くない。温かい闇だった。

「寒くはないか？」

まだ暖炉をつけるほどではないが、すぐに厳しい季節がやってくるだろう。

「いいえ。私、寒がりじゃないの。だからもう少しだけお話ししてもいい？」

リザは布団の中から尋ねた。その声はまだ少し湿っている。

「ああ。何かな？」

「イストラーダって、どんなところ？」

「……そうだな。俺が着任した頃は何もないところだった。国境を守るための砦がいくつかあるだけの」

「今は？」

「少しずつだが良くなってきている。鉄樹と陶器が基幹産業になりつつある」

「鉄樹？　薪にする？」

「そうだ。王宮にも税の一部として入っているはずだ。使ったことは？」

「ないわ」

「この冬はたっぷり使える。砦は大きいが寒いからな」

「見てみたい……」

大きな砦も、鉄樹が燃えるところも、リザはイストラーダの全てを見たいと思った。

想像するうちに眠気がゆっくりとおりてくる。あんなに眠ったのに不思議だった。安心と希望がそうさせるのかもしれない。

「辺境の暮らしは楽ではない……人々は貧しく閉鎖的で、俺も初めは苦労をした。リザも最初は辛いかもしれない……だが、リザならきっと乗り越えられる」

「……」

「リザ？　眠ったのか？」

エルランドは視線の少し先の寝台に目を向けた。布団の嵩が低く、まるで人が入っているようには見えなかった。

「まずはあなたを太らせることだな」

小さな横顔に呟いた。唐突に昼間見た白い肌を思い出す。エルランドは慌てて脳裏からそれを打ち消した。二人が過ごす二回目の夜。

初めての夜と同じように、そこには情熱も誓いもない。

けれど、二人は再びはじまろうとしていた。切れそうだった絆は、すんでのところで結び直された。今はそれだけで十分だと、エルランドは考える。

明日から新しい旅がはじまる。
東の辺境、イストラーダへと。

終章　希望の住む場所へ

　東への旅は、それから七日続いた。

　騎士(きし)たちだけなら、五日程度の行程なのだそうだが、リザと負傷したニーケに配慮(はいりょ)して旅はゆっくりと進められたのだ。

　ニーケはやはり、ついていくと言ってきかなかった。ハーリ村の大叔母(おおおば)に会いに行くようにと、リザが何度言っても、それはしないと言うのだ。

「大叔母さんには会いません。会えば旅が遅(おく)れますし、私の心はもう決まっています。私は、リザ様と一緒(いっしょ)にいることの方が大切なんです」

　こうして二人は再び共に歩き出した。しかし、もう二人ぽっちではない。

　旅の仲間が五人も増えたのだ。

　旅の間は、リザもニーケも少年の格好をしていた。馬に乗り続けなければいけないせいもあるが、やはり安全上の理由が大きい。辺境へと向かう街道(かいどう)には、まだ不穏(ふおん)なところもあるのだ。

　バルトロたちのような、ならず者の集団には、その後出会うことはなかったが、すれ違(ちが)

う旅人の中には、顔を隠してこそこそ行きすぎる者や、好奇心をむき出しに一行を目で追う男たちもいた。もちろん屈強な騎士たちを前に、手だしをする者はいない。リザやニーケに好奇の目を向ける者がいても、エルランドがひと睨みするだけで去っていった。

「リザ。絶対に俺から離れるなよ。少し辛いだろうが、移動する時は常に馬に乗っているように。辺境を舐めると怖い目にあう」

エルランドは、それだけは厳しくリザに幾度も伝えた。

七日の間にリザは、馬に跨ることを覚えた。大きな軍馬に一人で乗ることはできないが、鐙に左足をかけ、えいと身体を持ち上げると、エルランドが腰をぽんと押してくれる。最初は怖かった高さにも慣れてきた。まだだく足や駆け足は無理だが、エルランドに手綱を持ってもらい、並足で歩かせることなら、なんとかこなせるようになったのだ。

自分の腕前というよりも、馬が賢いからだろうとリザは思ったが、エルランドは領地に着いたら、リザのために大人しい雌馬を用意すると言ってくれた。

「リザ様はとても筋がよろしいです。姿勢がしゃんとしておられる」

「イストラーダはやたらに広いから、馬なしじゃどこにも行けませんよ。頑張ってくださいね！」

ザンサスとランディーが笑う。旅の間に騎士たちともどんどん親しくなった。

「お昼を食べてから、誰ともすれ違わなくなったわね」

ニーケは相乗りしているセローに言った。

「州境を越えたんですよ。もうここはイストラーダなんです」

「そうなんですか？　なにもありませんね」

「なにもないんです！」

リザはそのやり取りを黙って聞いていた。

背後にいるのはエルランドである。ニーケは四人の騎士の馬に交代で乗っていたが、リザだけはエルランドと、ずっと相乗りだった。

ハーリの宿以来、二人が長く二人きりで話せることはなくなった。

東へ行くほど治安は怪しくなり、宿に着いても夜はエルランドも含め、交代で見張りをするというのが理由である。

——エルランド様は、はじめようと言ってくれたけど、私たちが形だけの夫婦であることには変わりがないのだわ。

——もしかしたら私が仮にも王女だから、立場を尊重してくれているだけかも……？

「リザ」

物思いを破ったのは、背後から聞こえる低い声だ。

彼はいつもリザの耳元で囁くので、いつも面食らってしまう。彼の声を聞くと、どうしてだか首筋がちりちりするのだ。

「午後には城に着く予定だが、これからの生活について少し伝えておこう」

「はい」

リザは前を見たまま頷いた。

「イストラーダの人々の生活は、決して楽なものではない。ようやく基幹産業が育ってきたとはいえ、まだまだ発展途上だ。俺たちには仕事が山ほどある。収穫期が近づけば、村々の巡回もある。産業が生まれ、人が増えれば、必ずよからぬ輩もやってくるからだ」

エルランドがまじめに言った。それこそが、エルランドがリザを五年も放っておいた理由なのだ。

「リザは慣れるまで、当分城から出ないほうがいい」

「はい」

「ここの人たちはまじめで働き者だが、同時に頑固で扱いにくい面もある。特によそ者には厳しく、なかなか心を開いてくれない。俺も最初はその憂き目にあった。なにしろ辺境で、王家を敬うという概念がほとんどないんだ。彼らは王家など、別の国の話だと思っている」

「ああ……それならへいき」

「平気？」

「だって、私は敬われたことなんてないもの。慣れてるわ」

「そんなことに慣れなくていい……俺はリザを敬っている」

「ありがとうございます。でも」

リザが王宮での扱いを口にする度、エルランドは自分を責めるように目を伏せる。

だが、リザはそれが嫌だった。彼が自分のことを負い目にしか感じていないような気がするからだ。

「私のことは放っておいてくれて構わないの。エルランド様は自分のお仕事をして。私も自分にできることを探すから」

「……リザはあまり頑張らなくていい」

エルランドは知っている。リザは自分のことはなんでもできるし、仕事に興味を持っていることを。

しかし、エルランドはリザにもう苦労はさせたくなかった。今まで辛い思いをした分と同じだけ、大切にしたいと思っていた。

肩までしかない黒髪が、エルランドの前で揺れている。

リザは振り返った。エルランドの指が自分の髪に触れていたからだ。

「綺麗な黒髪だ……これからは伸ばすといい」

「……そうする」

リザはくすぐったいのを堪えて言った。昨日見つけた小川で、洗っておいてよかったと思ったのは内緒だ。

旅は意外にも楽しかった。

途中野宿もしたが、雨は降らなかったし、夜はニーケと自分のためだけに天幕が張られたので、着替えや話ができた。男たちが交代で火の番と見張りをするので、安心して眠ることもできるのだ。

——けれど、旅はもうすぐ終わりなんだわ。はじまりに向かう終わりということね。

リザは前方をしっかり見据えた。

旅の最後の朝は早かった。前夜は少し早めに休息をとったためだ。

まだ冬には間があるとはいえ、イストラーダの秋は都に比べると冷える。エルランドは冷たいリザの頬を指の背で撫でた。

「寒くはないか？」

「大丈夫」

「ザンサス、鳥を」

「は」

城へ先触れを出すのだと察したザンサスが、鳥籠と筆記具を持ってくる。リザも好奇心で身を乗り出した。

小さな紙にエルランドは器用に文字を書きつけている。

『我が妻、ミッドラーン国王女リザ姫を連れ帰る。入念に準備のこと』

書き終わったエルランドは、紙を小さく丸め、鳩の足に付けた筒に押し込んだ。

「ずいぶん簡単なのね」

「鳩は重いものは運べないから。でもこれで十分伝わるはずだ。リザが放つか？」

「いいの？」

「ああ。この先に丘がある。そこに出よう。馬を」

すでにザンサスがアスワドの手綱を取って待ち構えている。エルランドは、リザを乗せると自分も飛び乗った。

「大丈夫ですよ。この馬は、鳥にも籠にも慣れてますから」

セローが鳥籠を持たせてくれ、二人は靄の中を丘へと駆け登る。

アスワドの足は速い。

ほどなく森が切れ、二人は丘の上へ出る。だいぶ明るくなったが、まだ光は見えない。

「ここからの景色をリザに見せたいと思っていた」

エルランドはリザを下ろしながら言った。しかし、下界はほの白く、何もかもかすんでいる。

「知っているところなの？」

「ああ、よく知っている。さぁ、鳩だよ。リザ、そっと持って」

エルランドは鳥籠から鳩を取り出し、リザに手渡す。ふわふわの温かい塊がリザの手の中に納まった。ククク と鳥が挨拶をする。

「ここに立って。光が差したら、手を放すんだ」

リザの背中に手を添えてエルランドが言った。

瞬間、東の彼方がすっと明るくなる。その朝初めての陽光だ。靄が急速に晴れていく。

「今だ、リザ！」

「はい！」

リザは両腕を高く差し上げた。静かな羽ばたきの音と共に鳩が舞い上がる。

「気をつけてね！」

薄青い空と光の中を小さな鳩が、東に向かって一直線に飛んでいく。

「ご覧、リザ」

エルランドはリザを高く抱き上げた。

広い空を染め上げて昇る朝陽がある。眼下には荒野、そして黒く見える森。そこはもうこの国ではない。ここは極東の地なのだ。

こんなに広く、明るい大地をリザは知らない。想像さえしたことがなかった。

「ああ……凄い。なんて綺麗なの」

リザは強い腕の中でため息を漏らす。

「これがイストラーダだ」

「私、ここで暮らすのね」

「そうだ、リザ。俺と共に」

「あ！　あれは……なに？」

太陽が昇るにつれて大地の遥か東、荒野にうずくまるような黒い建造物が見えた。

「イストラーダ城だ。真ん中にあるのが城で、南北に伸びているのが城壁だよ」

「あれがイストラーダ城……」

それは朝の景色の中でひどく異様に見えた。まるで巨大なカラスが羽を広げているようにも見える。

「なんて大きい……」

極東の地、イストラーダ。リザの未来を託すところ。

「城というより砦だからな。この砦が建てられた頃は、ここらあたり一帯は常に争いがあったのだろう」

「……」

「さぁ、行こうリザ。俺の、俺たちのイストラーダに」

エルランドはそっとリザを下ろしたが、まだ腕の中に閉じ込められている。

「俺が守る。俺と来てくれ」

「ええ」

リザは夫の腕の中で頷いた。

「いつか、この地を全部見て回りたい」

「ああ、そうしよう。必ずつれていく。リザには全て見てほしい。イストラーダを、そして俺を」

もう「いつか」は「永遠に来ない」日ではない。リザはそう感じている。

エルランドはリザを温めるように頬を寄せ、そっと口づけを落とした。

それは、名残を惜しむかのように離れていく。

昇る朝陽が正面からリザを照らしていた。

額が、頬が輝いている。そして瞳が素晴らしい藍色に澄んで、エルランドをまっすぐ見つめた。

東方辺境イストラーダの女主、リザの物語はここからはじまるのだ。

あとがき

こんにちは。

もの書きの文野さと、と申します。

この度は角川ビーンズ文庫様より、拙作『置き去りにされた花嫁は、辺境騎士の不器用な愛に気づかない』を刊行して頂くことになりました。

私にとっては『灰色のマリエ』でデビューして以来、十二冊目の書籍となります。

今回の書籍化にあたり、ウェブの作品よりもキャラの心情など、かなり書き足しました。

リザとエルランドの心の内が、より鮮明に浮かび上がったと感じています。

そして――実は、この物語には、まだまだ続きがあります。

今まで、名ばかりの夫婦であったぎこちない二人が、これからどんな出来事に遭遇し、どんな関わりで信頼を深めあい、本当の恋人、そして夫婦になっていくかという物語は、この巻ではまだ語りつくせておりません。

もし、この二人を最後まで見届けたいと思われた方は、ぜひ角川ビーンズ文庫の編集部様にその旨お伝えくださいませ。作者としては語りたくてたまりませんので！

今回「置き花」の表紙や挿絵を担当してくださったのは、イタストレーターの小島きいち先生です。先生の緻密で繊細なタッチによって、リザもエルランドも、様々な場面も、私のイメージ通りに仕上げていただきました。本当にありがとうございます！

現在、この国、そして世界には、大変しんどいことがあふれています。ニュースを見ても気が滅入ることも多いですが、物語とは、そんな世相をしばし忘れる最良の薬だと私は考えています。

本書を読んでくださった方が、ハラハラ・ドキドキ・ワクワクして元気が出て「よし、明日もなんとか踏み出そうか」と思っていただけたなら、物書きにとって、これ以上の名誉はございません。

どうか、「置き花」が、あなたの心の片隅にとどまれる一冊となりますように。

文野さと

「置き去りにされた花嫁は、辺境騎士の不器用な愛に気づかない」の感想をお寄せください。
おたよりのあて先
〒102-8177　東京都千代田区富士見2-13-3
株式会社KADOKAWA　角川ビーンズ文庫編集部気付
「文野さと」先生・「小島きいち」先生
また、編集部へのご意見ご希望は、同じ住所で「ビーンズ文庫編集部」
までお寄せください。

置き去りにされた花嫁は、辺境騎士の不器用な愛に気づかない

文野さと

角川ビーンズ文庫　24125

令和6年4月1日　初版発行

発行者――山下直久
発　行――株式会社KADOKAWA
〒102-8177　東京都千代田区富士見2-13-3
電話 0570-002-301（ナビダイヤル）
印刷所――株式会社暁印刷
製本所――本間製本株式会社
装幀者――micro fish

●お問い合わせ
https://www.kadokawa.co.jp/（「お問い合わせ」へお進みください）
※内容によっては、お答えできない場合があります。
※サポートは日本国内のみとさせていただきます。
※Japanese text only

ISBN978-4-04-114706-1 C0193 定価はカバーに表示してあります。　◇◇◇